이야기가 스며든 오래된 장소,

스케치북 들고 떠나는

시간여행

이야기가 스며든 오래된 장소,

스케치북 들고 떠나는

시간여행

글, 그림 엄시연

팜파스

시간여행을 떠나며

　　나는 오래된 장소, 오래된 이야기를 좋아한다. 아마도 어릴 적 방학 때마다 시골에 계신 할아버지, 할머니 댁에서 보낸 추억 때문인 것 같다. 강원도 산골이었기에 마중물을 부어 펌프질을 해야지만 물을 쓸 수 있는 수돗가가 있었고 마당에는 염소와 닭장이, 부엌 한쪽에는 소 두 마리가 큰 눈을 끔벅이며 여물을 먹고 있었다. 집안 곳곳에는 밥을 줘야지만 움직이는 오래된 괘종시계와 아버지가 고교 시절 쓰던 조그마한 좌식 책상, 그 위에 놓인 세월에 빛바래진 아버지의 교과서가 있었다. 할머니가 시집 올 때 가져오신 재봉틀과 뭐든 자를 수 있을 것 같은 큰 쇠가위, 할머니가 손톱을 다듬어 주신다며 이 가위를 들고 오셨을 땐 놀라 뒷걸음질을 쳤더랬다.

밤이 되면 자연의 소리를 배경음악 삼아 할아버지 할머니께서 옛 이야기를 들려주셨다. TV 만화 영화보다 더 흥미롭고 재미있었다. 여름에는 새까맣게 타도록 개울에 나가 물고기를 잡고, 겨울에는 비닐 포대에 지푸라기를 넣어 만든 썰매를 타며 엉덩이가 얼얼해질 때까지 놀았다. 시골의 자연은 그렇게 나의 커다란 놀이터였다.

하지만 이제는 그때의 풍경을 그리워할 수밖에 없게 됐다. 주변에는 공장들이 들어섰고 야영지와 휴양지로 개발되어 작은 산들은 평지가 되었다. 송사리를 잡고 뛰어놀던 개울물은 말라 풀이 무성하게 자라버렸다. 늘 그 자리에 같은 모습으로 남아 있을 것 같은 할머니 집마저도 허물어지고 신식으로 바뀌어 옛 모습은 사라졌다.

3년이 조금 넘는 시간 동안 나는 미국에서 생활을 했다. 최신식 건물과 지금도 존재하는 곳인가 싶을 정도로 오래된 건물들이 함께 있는 모습을 보며 과거와 현재가 자연스럽게 공존하는 미국이 무척 인상 깊었다. 그들은 오래된 것을 촌스러운 퇴물로 여기지 않았다. 오히려 그 가치를 알아내려 하고 존중하며 소중히 다루려 했다.

한국으로 돌아오니 3년 동안 서울에는 많은 변화가 있었다. 프랜차이즈 숍들이 어디를 가나 즐비해 모든 장소가 획일화되어갔고 시대를 느낄 틈도 없이 많은 것들이 사라지고 생겨났다. 오랫 동안 같은 자리를 지켜왔던 단골 빵집도 곧 프랜차이즈 커피숍이 들어와 문을 닫는다는 배너가 붙

어 있어 그 앞에서 멍하니 서 있던 적도 있었다. 이러다 내가 좋아했던 정겨운 풍경들이 모두 사라져 일부만 뜯겨진 채 전시장에서나 볼 수 있게 되는 건 아닌가 하는 걱정마저 들었다.

사진 한 장 제대로 남기지 못해 아쉽고 그리워하게 된 할아버지, 할머니의 시골집처럼, 사라지고 나서야 안타까워하며 그리워하게 될 장소가 늘어나지 않기를 바라는 마음에 서둘러 스케치북을 들고 여행길을 나섰다.

그렇게 해서 만나게 된 사람들과 장소에 관한 이야기를 나누고 싶은 마음에 네이버 포스트에 연재를 시작했다. 부족한 글과 그림 실력이었지만 독자들의 따뜻한 시선이 있었다. 1년이 넘는 시간 동안 짧았던 글은 살이 더해졌고 소개되는 장소가 하나둘 늘어나 이렇게 책으로 엮어지게 되었다. 많은 공감과 응원을 아끼지 않았던 독자들에게 지면을 통해 가장 먼저 감사의 마음을 전한다.

마감이 늦어져 속이 새까맣게 타들어갔겠지만 끝까지 믿어주고 아낌없는 응원을 주었던 팜파스 박선희 에디터님 그리고 출판사 관계자 분들, 나에게 참 많이 시달렸을, 제일 먼저 원고를 읽어주고 많은 이야기를 해주신 김정숙, 김선희, 정태양, 김형섭, 임관우, 전호준에게도 고마운 마음을 전한다.

이 책이 그동안 무심히 지나치던 오래된 장소를 한 번쯤 돌아보게 만들었으면 좋겠다. 또 묵묵히 그곳을 지켜가고 있는 사람들의 삶 속 작은 울림들이 당신에게도 전해지길 바란다.

무엇보다 무관심 속에 잊혀져 우리의 소중한 풍경과 이야기들이 사라져버리는 일이 없도록 소망한다.

space 1.

오래된 공간,
그곳에서 전설이 된 사람들

오래된 공간을 예찬하다.
그리고 그 속에서 타오르듯이 살았던 이들을
기 억 하 다

Space 2.

시간이 지나도 변치 않아 고마운 그곳, 100년 가게

항상 같은 곳, 같은 모습, 같은 시간에 나를 맞이하는 점포.
100년의 세월에 깃든 정성과 인연을 추 억 하 다

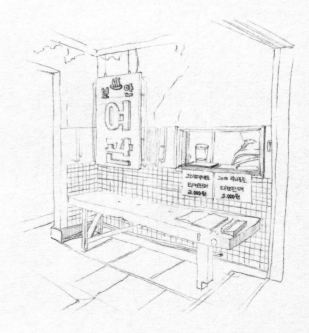

space 3.

한 공간에서 전혀 다른 과거와 현재가 만나다, 반전 장소

오랜 시간이 다시 탄생시킨 공간,
과거와 현재가 만들어낸 드라마틱한 반전의 이야기가
펼 쳐 지 다

공간을 상징하는 것들 가운데 인물만큼 드라마틱한 것이 있을까?
시간이 오래 흐른 곳일수록 그곳에 담긴 사람의 이야기는 더욱 진해지고, 더욱 강렬해진다.
모름지기 공간은 인간의 삶을 담아내는 그릇과도 같은 존재이기에…
그 삶을 치열하게 살아내는 사람의 일부가 되기에 말이다.

space 1.

오래된 공간,
그곳에서 전설이 된 사람들

오래된 공간을 예찬하다.

그리고 그 속에 타오르듯이 살았던 이들을

기 억 하 다

학림다방

Since 1956
혜화동

:

전설이 되어 잠이 든 여인

전혜린

커피 잔 위에 탐스럽게 오른 몽실몽실한 하얀 생크림이 요염하게 흔들거리며 테이블로 배달된다. 이곳에 올 때마다 찾게 되는 비엔나커피. 크림치즈 케이크를 한입 베어 물고 커피를 한 모금 마시면 스피커에서 흘러나오는 베토벤의 교향곡만큼이나 심오하고 풍요로운 향기가 입 안 가득히 펼쳐진다. 비내리는 겨울의 대학로. 학림다방의 커다란 창문에는 빗방울이 맺혀 젊은이들의 낭만과 풋풋한 사랑이 수채화처럼 번져가고 있다. 아는 이 하나 없이, 기다리는 이

임양기독 분드러웁이 퍼지는 비엔나 커피

없이 아무것도 하지 않고 그저 멍하니 주위를 둘러보며 시간을 보내도 무료함이 느껴지지 않는 곳이다.

계란 노른자를 동동 띄운 모닝커피 같은 옛 메뉴는 사라지고 시대의 흐름에 맞춰 업그레이드된 고급 커피와 몇 개의 메뉴가 추가되었을 뿐. 여전히 사람들 발걸음에 삐거덕 소리를 내는 나무 바닥과 조용히 자리한 진갈색의 나무 피아노, 클래식 LP들로 가득 메워진 카운터, 커피용품들, 베토벤의 흉상과 벽걸이 장식 등의 물건들 위에는 1956년 때부터 쌓인 시간이 내려앉아 있다.

계절 따라 바뀌는 창밖 풍경으로 시간의 흐름을 느낄 뿐 항상 변함없는 이곳의 분위기는 타임머신을 타고 당시의 시대로 들어온 것 같은 착각을 들게 한다. "초현대, 초거대 메트로폴리탄 서울에서 1970년대 혹은 1960년대로 시간이동 체험을 할 수 있는 흥미로운 장소가 몇 군데나 되겠는가? 그것도 한 잔의 커피와 베토벤을 곁들여서."라고 시인 황동일은 이곳을 예찬했다.

학림다방은 서울대 문리대가 대학로에 있던 시절부터 50년 넘게 같은 자리를 지켜왔다. 서울대 학생들이 강의실 다음으로 많이 찾아오는 곳이라 해서 '문리대 제 25 강의실'이라 불리기도 했다. 문리대의 옛 축제인 '학림제'는 학림 다방의 이름에서 따온 것이다.

옆 테이블의 손님과 눈이 마주치기라도 하면 자연스레 눈인사를 건네거나 말을 걸어도 전혀 어색함이 없을 정도로 중앙 자리의 테이블이 가까이 붙어 있다. 낯선 이들조차도 금세 친근하게 만들어버리는 묘한 매력을 발휘하는 자리이기도 하다. 때문에 가끔 옆 테이블의 대화 내용을 의도

치 않게 엿듣게 되기도 한다. 김지하, 김민기, 김승옥, 이청준, 천상병 등 이곳을 스쳐간 수많은 예술인과 문학인들의 체취가 배어서인지 이곳에선 늘 문학과 예술, 사랑과 낭만의 이야기가 오고 간다.

늘 그래왔듯 오늘도 백발의 노신사와 숙녀분들, 제멋을 한껏 표출한 젊은 친구들이 어우러져 학림의 역사가 되어가고 있다. 표현의 원숙함과 미숙함의 차이일 뿐 테이블에서 펼쳐지는 예술론과 사랑 이야기는 늘 진지하고 깊이 있다.

오랜 세월 이곳에 자리하다 보니 한국 역사를 주름잡는 중요한 순간들에 학림이 함께하기도 했다. 4.19 혁명과 5.16 쿠데타 그리고 '학림사건'이 대표적이다. 민주주의를 외치는 청년들의 아지트였던 이곳에는 늘 토론이 벌어졌으며 뜨거워진 심장으로 팔을 걷어붙인 학생들은 거리로 나가 민주화 운동을 벌였다. 학림사건은 민주화 운동을 주도하던 전민학련(전국 민주화 학생연맹, 1981년 군사 쿠데타에 맞선 학생들)이 이곳에서 모임을 가졌기에 붙여진 이름이다.

문화예술인뿐만 아니라 정치인, 지성인들도 이곳을 단골로 삼았기에 역사 속 이곳을 스쳐간 유명인들의 사연들도 서려 있다. 많은 인물들 중 "내가 원소로 환원하지 않도록 도와줘…(중략) 가능하면 생명을 지속하고 싶어. 나를 살게 해줘."라는 마지막 절규를 남기고 장미꽃 한 송이를 가슴에 품고 영원히 잠들어 버린, 전설이 된 여인의 이야기가 여기에 남아 있다.

광기와 비운의 천재,
세상이 그녀 앞에 붙인 다른 이름들

1965년 1월 9일 토요일. 그녀가 죽기 전날이다. 창밖에는 잔설이 내리고 있었고 다방 안은 여느 때와 달리 방학이라 한산했다. 창가 자리에 밤색 밍크코트에 검정 스카프를 두른 여인이 담배연기를 길게 내뿜으며 앉아 있다. 창밖을 바라보는 눈빛이 쓸쓸함으로 가득하다. 그녀가 좋아하는 겨울이라 더욱 생각이 많아진 건지 가끔 엷은 미소를 짓다가도, 크고 짙은 눈동자는 금방이라도 눈물을 떨굴 것처럼 촉촉이 젖어 흔들린다.

이름은 전혜린. 번역가이자 수필가다. 우리나라 최초의 독일 유학생, 한 세기에 한 번 나올까 말까 한 천재, 친일파 아버지를 둔 비운의 딸, 광기의 천재, 보헤미안, 세상이 그녀에게 붙인 수식어들이다. 뭐든 좋고 싫은 게 분명했던 그녀여서인지 서울대 법대 입학 성적에서 수학은 0점이었다. 그럼에도 타 과목에서 고득점을 받아 차석으로 입학한 그녀. 명석한 두뇌임에도 0점을 맞은 건, 못했다기보다는 아예 거들떠보지도 않았다고 봐야 할 것이다. 철학과 문학을 좋아했기에 답을 찾고 결론을 내려야 하는 숫자놀이는 그녀에게 매력적이지 못했나 보다.

아버지의 뜻대로 어쩔 수 없이 법대를 들어갔지만 전혜린은 자신의 '쌍둥이 혼'이라고도 말할 정도로 친한 고등학교 친구 주혜가 다니는 문리대 강의실에서 문학 강의를 엿들으며 점점 문학의 길로 접어든다. 이후 점

창문 밖으로 지금은 차도가 보이지만
학림이 처음 문을 열었을 때는 바로 앞에 개천이 흘렀다고 한다.

점 법학에 반감과 권태를 느낀 그녀는 3년 후 21살이 되던 해 독일로 유학
을 떠난다. 뮌헨의 회색빛 하늘과 축축한 공기는 전혜린의 풍부한 감수성
을 자극하기에 충분했다. 무엇보다 예술인들의 집결지였던 '슈바빙' 거리
는 마음껏 문학과 철학을 탐닉하고 경험하기에 최적의 환경이었다. 독일
에 머무는 동안에 결혼도 하고 딸을 낳았다. 하지만 채워지지 않는 외로움

과 고독은 늘 그녀를 쫓아다녔다.

전혜린은 4년 후 남편보다 먼저 귀국해 25살 때 서울대와 이화여대 등 여러 대학에서 강의를 했다. 독일 문학을 번역하고 성균관대 조교수로 부임하는 등 최연소, 여성 최초 타이틀을 달며 출세가도를 달렸다. 하지만 남편과의 사이는 점점 멀어져 결국 이혼을 하게 된다. 평범하기를 거부하고 광기에 사로잡힐 만큼 치열하게 살고 싶다 말했던 그녀에게 가정의 울타리는 오히려 권태롭게 느껴져 그녀를 못 견디게 했을 것이다.

서울대 법대를 다니던 시절부터 독일에서 유학하고 온 이후에도 시간이 날 때마다 전혜린은 학림을 찾았다. 유행가를 틀지 않고 클래식만 고집하며 뮌헨 슈바빙의 레몬빛 가스등을 연상시키는 이곳의 포근하고 따뜻한 분위기를 좋아했다. 당시 그녀가 속해 있던 세상은 책 속처럼 매력적이지도 않았고, 여성으로서 지성과 감성의 자유를 누릴 수 있는 곳도 아니었다. 세상의 눈치를 보지 않고 담배를 필 수 있고 문학과 예술, 철학, 삶에 관해 목소리를 높여가며 친구들과 맘껏 이야기를 나눌 수 있는 학림은 그녀에게 은신처이며 도피처였다. 아마도 가장 그녀다워질 수 있는 공간이었을 것이다.

그리고
나는 실컷 살지 못했다

오후 3시쯤 다방 문을 밀고 누군가 들어오는 소리에 혜린이 메모하다 말고 고개를 들고 문 쪽을 바라봤다. 그녀가 오래도록 기다렸던 덕희였다. 너무나 반가운 마음에 주위에 아무도 없다는 듯 손을 흔들며 목소리 높여 말한다.

"널 만나려고 여기서 세 시간이나 기다렸어!"

그날은 약속이 없었던 우연한 만남이었다. 두 사람 다 학림의 단골이라, 머무르고 있으면 언젠가 만날 수 있다고 생각했기에 약속도 없이 혜린은 친구를 무작정 기다리고 있었다. 거의 1년 만에 재회한 그들은 난로가로 자리를 옮겨 그동안의 쌓인 이야기를 풀어놓느라 정신이 없었다. 뭐가 그리 재미있는지 한참을 까르르거리며 이야기하다 덕희의 친구와 남동생도 합세해 자리를 옮겼다. 그들은 명동의 '은성'이라는 대폿집으로 향했다. 그것이 학림이 기억하는 그녀의 마지막 모습이었다.

은성에는 이미 소설가 이봉구 씨가 늘 그랬듯 막걸리를 마시고 있었다. 혜린의 여동생 채린도 자리에 함께했다. 3차까지 이어진 긴 술자리였지만 누구도 그녀에게서 이상한 낌새를 느끼지 못했다. 오히려 전혜린은 곧 수필집을 낼 거라며 들떠 있었고 앞으로의 행보를 이야기하며 기분 좋

은 술자리를 이어갔다. 누군가에게 자주 전화를 거는 것이 이상하다면 이상하달까, 평상시와 같았던 그녀는 지인들에게 인사를 전하고는 10시쯤 자리를 떠났다.

유난히 날카롭게 추웠던 겨울, 친구들과 마지막 만찬을 즐기고 나온 그날. 1965년 1월 10일 일요일 새벽 수유리 언덕길에서 누구보다 뜨겁게 살았던 그녀의 심장이 31살의 짧은 생을 마감하며 돌연 차갑게 식어버렸다.

점성술에 관심을 가지고 운명을 믿으며 가끔 사람들의 점을 치기도 했던 그녀는 자신이 일찍 세상을 떠날 거라는 걸 이미 눈치챘는지, 죽기 전날 의미심장한 짧은 시구를 메모지에 남겨놓았다.

나는 두렵다.
그리고 죽고 싶지 않다.

생은 귀중하고 단 하나다.
그리고 나는 실컷 살지 못했다.

당시 신문은 수면제 과다 복용으로 인한 변사라고 발표했다. 하지만 이미 유학 시절에 자살 미수 경험이 있는 그녀다. 그녀의 의미심장한 글과, 그녀가 죽던 날에 친구 덕희에게 세코날(수면제) 마흔 알을 구했다고 말한 정황들을 두고 자살이라는 의혹도 제기되었다. 수면제 과다 복용으

1500여 장의 낡은 LP판이
가득 진열되어 있다.

로 인한 사고사다, 저혈압으로 인한 자연사 등 그녀의 죽음에 대한 의견은 아직까지도 분분하다.

그 어렵던 시절에 유복한 집안에서 태어나 한국 여성 최초 독일 유학생으로 뮌헨에서 공부하고 부족함 없이 자란 그녀였지만 늘 고독했고 정신적인 외로움의 허기를 느꼈다. 그런 그녀의 결핍은 자연스레 커피, 담배, 술 중독으로 채워졌다. 꾸밈없이 직설적으로 말하는 걸 좋아한 그녀라지만 누군가의 앞에서 마스카라가 다 번지도록 맘 놓고 제대로 울어 보거나 마음을 보인 적은 없었던 것 같다. 때문에 가장 가까웠던 지인들도 그녀가 남긴 쪽지와 일기를 통해 뒤늦게 무릎을 치며 당시 그녀의 심경을 추측하게 된 것이 아닐까.

심지어 그녀가 죽기 5일 전에는 '장 아제베도'라고만 알려진 익명의 남자에게 자신이 "원소로 환원하지 않게 도와줘. 가능하면 생명을 지속하고 싶어"라는 절규에 가까운 구조 요청을 종이 위에다 쏟아내기만 했을 뿐이다. 생의 마지막 날, 친구들과의 술자리에서는 더없이 즐거운 표정을 지었다.

어쩌면 그녀는 울고 싶은 만큼 더 웃고, 외로운 만큼 더 즐거운 척하며 자신의 진짜 마음은 꽁꽁 숨겼다가 종이 위에다만 풀어놓았을지도 모르겠다. 그녀가 죽기 이틀 전의 술자리에서 지인들에게 들려준 〈몹시 괴로워지거든 일요일에 죽어버리자〉의 시처럼, 일요일 새벽에 돌연 무거운 육체를 벗어던지고 자유로운 영혼이 된 그녀. 평범하기를 거부하고 아무것

도 일어나지 않는 권태로운 삶을 경멸하던 그녀는 지금까지도 미스터리로 남는 죽음으로 가장 전혜린답게 세상을 떠나고 말았다.

단 한 편의 짧은 소설이라도 자신의 글을 쓰고 싶어 했지만 결국 단 한 줄도 쓰지 못한 채, 이렇다 할 업적도 없이 그녀는 떠났다. 하지만 그녀가 짧은 인생을 통해 보여준 광기와 열정들이 기록된 몇 권의 수필집 《그리고 아무 말도 하지 않았다》, 《이 모든 괴로움을 또다시》만으로 그녀는 죽어서도 또 다른 신화를 만들어냈다. 일각에서는 부족함 없이 살아온 그녀였기에 그저 우울증이 심한, 나약한 작가였을 뿐, 미스터리한 죽음으로 작가의 능력보다 과대평가되고 있다며 재평가해야 한다는 목소리도 있다.

사람마다 자신이 느끼는 결핍은 다르다. 상대방이 나에게 결핍된 무언가를 가지고 있다고 해서 그 사람이 반드시 행복한 건 아닐 것이다. 그녀 역시 남들이 보기에는 부러운 인생이었을지 모르지만 담배 한 모금 깊게 빨아들이다 내뱉은 것이 어디 쓴 연기뿐이었으랴. 나 역시도 사실 그녀를 작가로서 평가하기보단 욕망과 수용 사이에서 끊임없이 고민하며 남긴 글과 그런 그녀의 발자국이 지금 우리의 고민과 별반 다르지 않아 공감하고 열광하는지도 모르겠다.

검은 머플러를 날리며 학림다방을 떠나는 그녀가 보이는 것 같다. 시간의 통로 사이에 들어온 나는 그녀가 가끔 창밖을 내려다보며 무언가 끄적거렸을 테이블에 앉아 스케치북에 이곳에서의 시간과 추억을 담아본다.

지금의 모습 그대로 오래도록 남아 훗날, 나의 아들딸과 지금 그림을 그리고 있는 테이블에 함께 앉고 싶다. 늘 마시던 비엔나커피를 함께 즐기며 엄마의 추억을 나눌 수 있는 날이 오기를 고대하며 마지막 남은 커피 한 모금을 비워냈다.

명보다실

Since 1973
동대문 평화시장

:

우리는 기계가 아니다!

전태일

평화시장을 대표하는 휘황찬란한 대형 간판은 볼 때마다 안 그래도 복잡한 곳에 굳이 이렇게 화려하고 복잡한 간판을 걸 이유가 무엇이었을까 궁금증이 들게 만든다. 애써 잘 정리해보려 노력한 시장의 풍경을 단번에 무너뜨리는 것 같기 때문이다. 뭐, 이 또한 시간이 지나면 공간에 녹아 어울려 보일 수 있겠지만 지금은 여러모로 아쉬움이 느껴진다.

"아저씨, 여기 전태일이 산화한 위치가 어디인가요?"
바쁘게 지나다니는 사람들과 그들만큼이나 바쁘게 움직이는 오토바이와 수레들이 좁은 거리를 채운 터라 도통 찾을 수가 없어 주차를 도와주

고 계신 아저씨께 여쭤보았다.

"글쎄… 전태일 동상은 저기 있는데 저쪽으로 한 번 가봐."
가끔씩 이곳을 찾아오는 나도, 이곳에서 일하고 계신 분조차도 모르고 있다는 사실에 "내 죽음을 헛되이 말라."라는 전태일이 남긴 마지막 말이 떠올라 그에게 미안한 마음이 들었다.

다리 위에 세워진 전태일 동상은 오토바이들이 에워싸고 있어 오토바이 주차장을 알리는 동상인지 헷갈릴 정도였다. 관광객들은 아무 관심 없이 청계천을 배경으로 사진 찍기에 여념이 없었다.

전태일 다리를 건너 다시 평화시장 입구 쪽으로 갔다. 차근차근 둘러보니 사람들이 밟고 지나다니는 저 조그마한 판이, 그저 맨홀 뚜껑이겠거니 했던 것이 바로 그가 산화한 자리를 표시해놓은 동판이었다. 사람들은 아는지 모르는지 아무렇지 않게 그 위를 밟고 지나다녔다.

전태일이 사망한 지 45년이 지났다. 불꽃처럼 사라져간 그의 희생에도 세상은 그에게 관심이 없는 듯했고 고단한 노동자들의 삶은 여전히 바쁘게 이어지고 있는 듯했다.

　쓸쓸해진 마음으로 그의 자취가 남아 있는 또 다른 곳을 찾아 발걸음을 옮겼다. 평화시장 입구 쪽 건물 왼쪽에 다방이라는 노란색 표지판이 붙어 있다. 초록색 페인트가 세월에 벗겨져 콘크리트 속살이 드러난 경사 높은 계단을 오르니 천정 위로 계단만큼이나 낡은 '명보다실'이라는 간판이 걸려 있다. '다실'이라는 부분은 뜯겨져 자국만 남아 '명보'라는 글자와 함께 세월의 먼지를 덮고 있었다.

　계단의 끝으로 다다를 때쯤 오른편에 다방이 보였다. '다실', '커피숖', '커피숍'이라는 단어가 공존하며 모여 있는 간판의 모습이 재미있다. 자연스레 이곳이 지나온 역사가 간판으로 기록되고 있었다.

짤랑~. 문에 달린 자그마한 종이 손
님이 왔음을 알린다. 오래되어 보이는 갈색
천소파와 사이사이의 초록색 칸막이에는 모
두 넝쿨무늬가 들어가 있어 조금은 산만해 보
이는 공간이 눈앞에 펼쳐졌다.

"어서 오세요. 뭐 줄까? 몸에 좋은 거?
오늘은 복숭아 차가 좋아."

노른자를 동동 띄운 쌍화차를 먹어보
고 싶었지만 뭔가에 홀린 듯 주인아주머니께서
추천해주신 메뉴를 그대로 주문했다. 가장 시원한 자
리를 안내해주신 아주머니는 냉동고에 미리 얼려놓은 복숭아를 꺼내 얼음
과 함께 갈아 내오시고는 이내 단골손님과 대화를 나누었다. 음악
과 TV 소리 그리고 주인아주머니의 웃음소리가
미묘한 조화를 이루며 생전 처음 와보는 진짜 다
방의 소소한 풍경이 흘러갔다.

붉은색 테이블 위에는 설탕과 오랜만에 보는
각 성냥, 메모지가 정겹게 놓여 있다. 오래된 소품
들은 무척 자연스러워 이곳에 처음 온 내가 오히려 신기
한 존재가 된 기분이었다. 전태일은 어디쯤 앉아 있었을
까? 아마도 사람들의 눈을 피해 가장 구석진 자리를 선
택했겠지?

내일이 오늘보다 낫도록 노력하는 것, 그것이 인생이다

1970년대 평화시장에는 허리 한 번 펴지 못하고 15시간씩, 심하면 18시간씩 일하며 하루에 90~100원을 벌어가는 사람들이 있었다. 하루 종일 일해 커피 한 잔 겨우 마실 수 있는 금액이었다. 그들은 환기도 되지 않고 햇빛도 들지 않는 닭장 같은 피복 봉재공장에서 더 나은 내일이 있을 것이란 희망을 품고 휴일도 없이 일했다. 경력과 기술이 쌓이면 벌이와 대우도 나아질 것이란 기대가 있었기 때문이다.

8평 정도의 작업 공간에 30여 명이 모여 분주하게 옷을 만들어 내고 있다. 높이도 3m밖에 되지 않는 곳을 2층으로 나눠 놓아 일하는 동안은 허리를 구부리고 다녀야 한다. 이곳을 다락방 공장이라 부르는 이유다. 잠이 안 온다는 정체 모를 주사를 맞아가며 사흘 밤을 새우는 어린 여공들도 있다.

업주의 약속과 그들의 기대대로라면 이렇게 열심히 일하는 노동자들의 삶은 시간이 지날수록 분명히 나아져야 하는데 그들에게 돌아간 것은 윤택한 삶도 성공도 아닌 병들어가는 몸뿐이었다. 점심시간조차도 작업장을 떠날 수 없다. 아침에 싸온 도시락 통 위에 수북이 쌓인 먼지를 걷어내고 작업대 위에서 밥을 먹는다. 눈썹에 붙어 있던 실밥이 숟가락 위로 살랑살랑 내려앉는다. 먼지를 먹는 건지 밥을 먹는 건지 모르겠다. 걷어내고 걷어내도 쉴 새 없이 천을 자르고 나르고 재봉틀을 돌리느라 이미 공기

2층 구조의 작업장 환경은 전태일 분신 이후 철거되었다.
_영화 〈아름다운 청년 전태일〉의 한 장면

만큼 많아진 먼지를 어찌할 도리가 없다. 환풍이 절실하지만 창문은 제 역할을 잊은 채 벽이 된 지 오래다. 화장실에 가는 것조차 눈치를 봐야 한다. 가서도 너무나 긴 줄 때문에 자리를 오래 비운다고 혼이 날까 되돌아와 참고 일한 적도 여러 번이다.

　　평화시장에서 일한 여공들은 시집을 가도 3년밖에 못 써먹는다는 말이 돌 정도로, 과잉된 업무와 열악한 환경으로 몸이 빠르게 시들어갔다. 이미 손쓸 수 없을 정도로 몸이 망가지고 나면 아무런 보상도 없이 해고당한다. 당장 하루의 끼니가 걱정인 그들은 아파도 그 사실을 숨겨야 했다. 그들은 그렇게 가장 기본적인 대우도 받지 못한 채 업주들의 배만 불려주는 노예가 되어 하루하루 살아가고 있었다.

전태일은 이곳에서 재단사로 일했다. 벌이는 어린 시다(보조)들보다 조금 나았지만 그 역시 밤을 새며 일해도 배고픈 생활은 나아지지 않았다. 하지만 그는 자신보다 어린 여공들을 안타까워하며 일손을 거들고, 굶고 있는 이에게 차비를 털어 풀빵을 사주곤 했다. 그러던 어느 날 전태일은 아버지께 근로기준법에 대해 듣게 되었다. 법의 존재를 안 그는 충격을 받았다. 부당하다는 것을 알고는 있었지만 으레 그렇게 해왔기에 고쳐야 한다는 생각을 전혀 못했기 때문이다. 그는 책을 구해 밤새도록 정독했다. 법대생이 봐도 어려운 책을, 초등학교 중퇴인 그가 보기에는 하루에 한 장 넘기기에도 버거웠지만 매일 곁에 두고 너덜너덜해질 때까지 읽고 또 읽었다.

근로조건의 기준을 정함으로써 근로자의 기본적 생활을 보장, 향상시키며 균형 있는 국민경제의 발전을 꾀하는 것을 목적으로 한다. 근로시간은 1일에 8시간 1주일에 48시간을 기준으로 한다. 1주일에 평균 1회 이상의 유급 휴일을 주어야 한다. 이를 어길 시 그 사용주를 2년 이하의 징역이나 벌금에 처하도록 하고 법이 위반된 사실을 알고도 고의로 묵과할 때는 3년 이하 또는 5년 이하의 자격정지에 처한다.

짙은 어둠을 뚫고 한줄기 희망이 보이는 듯했다. 부당한 대우를 받으면서도 찍소리 못하고 살아온 자신들을 바보라고 생각했다. 이제라도 이 사실을 깨닫고 근로자의 권리를 정당히 요구해야 한다는 생각이 들었다. 그는 평화시장의 재단사들을 중심으로 1968년 노동 조건을 개선하기 위해 '바보회'라는 모임을 결성한다.

우리는
기계가 아닙니다.

이 다방은 그와 바보회 회원들이 종종 모임을 가졌던 곳이다. 그는 인원수보다 적은 커피를 시켜놓고 동료들과 노동조합 얘기를 하며 바보회 활동계획을 세웠다. 커피 값은 항상 그가 계산했다. 부담스러운 금액이었지만 회원들에게 금전적 부담을 주고 싶지 않았다. 전태일은 직접 설문조사를 거친 실태 보고서를 작성해 법을 위반한 업주들의 횡포와 노동자들의 참상을 고발하고자 여러 차례 노동 기관을 찾아다니며 진정서를 제출했다. 하지만 모든 기관들은 그를 문전박대했다. 아무도 그들의 이야기에 관심을 가지지 않았다. 오히려 허리띠를 졸라매고 열심히 일해야 하는 시국이라며 그들의 외침은 집단 이기주의의 배부른 소리라고 무시했다.

희망은 종이 속에만 존재할 뿐이었다. 전태일은 더 이상 이 방법으로는 사회에 무관심을 깰 수 없다는 생각에 동료들과 논의 끝에 '근로기준법 사형식'을 계획한다. 비참한 노동자들의 참상을 사회에 알리기 위해서다. 그리고 그는 말없이 혼자만의 또 다른 결심을 한다.

1970년 11월 13일 오후 1시 30분 기자와 경찰들이 평화시장 골목길을 메웠다. 전태일의 동료들과 평화시장 노동자들은 그들과 팽팽하게 대치하고 있었다. 석유 냄새가 진동하는 전태일이 그들 앞에 나타났다. 계획대로 근로기준법에 불을 붙였다. 그리고 자신의 몸에도 불을 붙였다. 책과

함께 석유를 뒤집어 쓴 그는 순식간에 화염에 휩싸였다. 계획에 없던 상황에 동료들은 당황했고 이내 절규하기 시작했다. 이 부조리한 어둠 속에 자신을 태우지 않으면 아무도 대한민국의 아픈 곳을 봐주지 않는다는 생각에 노동운동의 불씨가 되고자 스스로 한 개비의 성냥이 되기를 선택한 것이다.

근로기준법을 준수하라!

우리는 기계가 아니다! 일요일은 쉬게 하라!

　　그는 가장 기본적인, 인간의 최소한의 요구를 위해 23살의 나이로 불꽃처럼 사라졌다. 그의 죽음은 사회에 큰 충격과 파장을 일으켰다. 그동안 제소리를 내지 못했던 노동자들은 갇혀 있던 벽을 깨고 목소리를 내기 시작했고 한국 노조 운동에 불씨가 붙는 계기가 되었다. 노동운동의 불꽃은 전국으로 번져나가 더욱더 활활 타올랐다.

　　우두두두~쏴악~!

　　2015년 여름 평화시장. 밖에는 여우비가 내리고 있다. 주인아주머니는 참외를 먹다 혼자 있는 내게도 나눠주신다. 때마침 여동생에게 전화가 왔다. 아르바이트를 구했는데 8시간 근무라고 한다. 가끔 시간이 연장될 수도 있지만 초과수당은 없다며 여기 일을 해도 되겠냐고 내게 물어보았다. 근로계약서를 반드시 쓰고 초과수당을 안 준다면 거기서 일하지 말라며 단호하게 말했다. 왠지 모르게 목소리에 더 힘이 들어갔다.

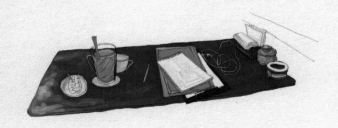

전화를 끊고 나는 우악스럽게 참외를 베어 물고 휴대폰 속 뉴스를 들여다봤다. 노동환경 개혁을 위한 크고 작은 외침들이 오늘도 끊임없이 기사로 나오고 있었다. 그 외침 속에 전태일의 이름이 있었다. 그의 죽음은 결코 헛되지 않았다. 비록 거북이걸음이지만 여전히 작은 개혁과 변화들이 일어나고 있고 그가 만들어낸 불꽃은 지금까지도 타오르고 있기 때문이다.

　　건너편 테이블에 앉아 동료들을 기다리며 함께 나눌 이야기를 열심히 적고 있는 전태일이 보인다. 모범 기업을 만들기 위해 사업계획서를 작성하기도 하고, 자신의 삶을 바탕으로 한 소설을 쓰기 위해 끄적이기도 한다.

　　"인생이란 내일이 오늘보다 낫도록 노력하는 그것이 인생이다."
　　나도 그의 일기장에 적힌 문장을 스케치북에 적어 넣었다.

권진규 아틀리에

Since 1959
동선동

⋮

인생은 공(空), 파멸(破滅)입니다
권진규

1973년 5월 3일 고려대 박물관 현대미술실 안. 한 남자가 테라코타 작품 앞에 서서 한참을 바라보고 있다. 폐관 시간이 지났는데도 남자는 떠날 줄 모른다. 아니 떠나지 못하는 듯했다. 다음날에도 같은 자리에 남자가 찾아왔다. 어제의 뿌듯하고 흐뭇했던 표정과 달리, 오늘은 체념이 더해진 슬픈 표정이다. 오늘도 작품 앞에 한참 서 있다 무언가 결심한 듯 엷은 미소를 짓고는 도록 몇 장을 챙겨 전시장을 조용히 빠져나갔다. 그가 바라봤던 작품에는 〈가사를 입은 자소상〉이라는 제목이 붙어 있다. 길게 목을 빼고 먼 곳을 응시하는 모습이 마치 명상을 하는 듯 고요하면서도 숭고해 보인다. 자세히 보니 아까 이 앞을 서성이던 남자의 얼굴을 닮았다. 작품

은 단정하게 입술을 다물고 모든 걸 초월한 듯 아리송한 미소를 짓고 있을 뿐이다.

성북구 동선동 언덕배기에 놓인 계단을 따라 터덜터덜 올라가는 그가 보인다. 축 쳐져 걷는 뒷모습이 위태로워 보인다. 가파른 골목길 끝에 흰 담벼락에 기와지붕이 덮인 집이 나왔다. 하나는 크고, 하나는 작은 나무대문이 있는 집이다. 남자는 작은 문을 열고 들어가 버렸다.

남자는 작업 테이블에 앉아 편지를 쓰고 있다. 한쪽에는 5백 원짜리 지폐뭉치도 놓여 있다. 여동생에게 장례비에 써달라는 부탁을 하기 위해 주머니를 털어낸 돈이다. 한 자 한 자 고심하며 써내려가던 남자는 이따금 떨리는 숨을 몰아쉬었다. 편지를 고이 접어 책상에 두고 작업실 왼편에 있는, 자신이 하나하나 짜서 세운 나무 계단을 올라갔다. 작품을 보관하기 위해 복층을 낸 곳이다. 나무 판에 걸터앉아 작업실을 내려다보았다. 13년간 꿈을 키우며 땀과 열정을 쏟아냈던 작업실을 둘러보니 만감이 교차해 보인다. 남자는 그렇게 한참을 앉아 있다 고개를 끄덕이고는 일어난다. 오후 6시. 남자는 작업실 쇠사슬에 목을 매달아 자살했다.

매일 이른 아침부터 흘러나오던 음악도 커피향기도 더 이상 존재하지 않게 되었다. 작업실의 온기는 사라졌고 그의 죽음과 함께 이곳의 시간도 멈췄다. 남자의 이름은 권진규. 주로 흙을 빚어 불에 굽는 전통기법인 테라코타와 건칠로 작품을 제작했다. 우리나라 현대조각의 선구자로 한국 조각

에 큰 영향을 끼치고 쉰둘에 스스로 생을 마감한 비운의 천재 조각가다.

그의 마지막 숨결을
간직한 공간

권진규가 매일같이 걸었을 골목 계단 길을 따라 올랐다. 숨이 차오를 때쯤 가장 높은 곳에 위치한 그의 집이 보였다. 문 앞 왼편에는 이곳이 권진규 아틀리에임을 알리는 알림판이 있다. 한 달에 한 번 개방하는 곳이기에 예약을 하고 20일 정도 기다렸다. 기다림 끝에 찾아온 곳이라 개방 시간보다 30분 정도 일찍 도착했다. 주변을 잠시 돌아볼 작정이었지만 막다른 골목이라 문 앞에서 꼼짝없이 기다려야 했다. 예전에는 이곳에 작은 길이 나 있어 산길을 따라 올라갈 수 있었다고 한다. 하지만 지금은 높은 철판으로 길을 막아놓았다. 아틀리에 앞에서 내려다본 동선동 일대는 높고 낮은 아파트들이 즐비해 있다. 작가가 살았을 당시에는 확 트인 시야였을 것이다. 잠긴 문 안을 들여다보기 위해 까치발을 들었다. 역시 내 키로는 한계가 있다. 건너편 건물 계단에 앉아 기다리다 조금 지루해질 때쯤 이곳을 담당하는 내셔널트러스트 관리자가 와서 문을 열어주었다.

이곳은 작가의 여동생이 기증하여 내셔널트러스트 문화유산기금 시민문화유산 제3호로 지정되었다. 내셔널트러스트는 시민들이 자발적으로 기금을 모아 나라가 미처 손을 뻗지 못한, 역사적으로 가치 있는 곳을 매

크게 아틀리에와 살림채로 나눠진 'ㄴ'자 공간이다.
전쟁이 끝난 지 얼마 되지 않았기에 집을 짓는 데 사용된 재료는 주로 나무와 시멘트였다.
부엌 자리였던 곳은 일부 트여 조카들을 위해 만든 부조가 벽면을 채우고 있었다.
실제 작품은 '리움 미술관'에 전시되어 있다.

입해 보존하는 시민단체다. 이곳은 이 단체에 의해 1년간 보수와 복원을 거쳐 2008년 5월에 오픈됐다. 지금은 넓은 마당이 되었지만 당시에는 창작공간과 살림집의 경계를 두고자 작은 문과 큰 대문 사이에 벽을 두었다. 살림집이던 공간은 지금은 예술가들이 입주해 창작공간으로 쓰고 있다. 보수를 위해 새로 칠한 페인트 벽과 건물 일부에 아직 때 묻지 않은 나무 속살이 드러나 그리 오래된 공간으로 보이진 않는다.

대문을 들어서자마자 보이는 맞은편 쪽문이 바로 작가의 아틀리에로 들어가는 문이다. 문에 들어서자 짧은 복도가 붙은 작업장이 보인다. 복도 끝 정면에는 그가 몸을 뉘었던 작은 방이 있다. 문 앞에는 언제 놓았는지 모를 마른 꽃이 있다. 그가 좋아했을 해바라기였다면 더 좋았겠다는 생각이 들었다. 복도에서 바라본 그의 작업실은 콩알만 한 흙을 한 겹 한 겹 눌러가며 정성스레 만든 그의 커다란 작품과도 같아 보인다.

두근거리는 마음으로 한없이 고독하고 외로웠을 작가의 공간에 조심스럽게 발을 디뎠다. 작가의 시작과 마지막을 지켜봤을 작업실은 고요하고 적막했다. 마치 붓을 꾹 눌러 물감이 흘러내린 것 같은 벽면의 흰 물자국과 무언가를 붙였다 뗀 얼룩, 군데군데 남겨진 친필 메모들이 그가 있었을 때의 모습 그대로 담겨진 채 멈춰 있었다.

복층에는 한때 진열장이 휘어질 만큼 가득했던 작품들은 비워진 채 당시의 모습을 찍은 커다란 사진 한 장이 대신하고 있고, 테라코타 한 점

과 브론즈로 빚은 몇 점의 작품들이
작가의 빈자리를 대신하고 있었다. 작
가가 떠난 지 벌써 40여 년이 흘렀지만
구석구석에는 여전히 그의 예술적 고
뇌와 고독의 시간들이 흙냄새, 먼지
냄새, 나무냄새와 섞여 있었다.

짧은 복도 끝에는 1평 남짓한 작가가 쓰던 방문이
있다. 아쉽게도 이곳은 공개되어 있지 않아 벽에
붙은 사진을 보고 상상해야 했다.

작업실은 건물 가장 안쪽
에 있지만 허리 높이부터 천장까
지 이어지는 큰 창문과 반대편
의 높은 창문으로도 빛이 들어와
마치 조명을 켜둔 것처럼 밝았다.
흙이 잘 말라야 했기에 작가는 채광
을 중시해 작업실을 지었다. 9평 남짓한 공간이지만 높은 천정 덕에 좁게
느껴지지 않는다.

하지만 거대한 기념상 제작을 염두에 두고 지은 높은 건물이 그저 야
속해 보인다. 끝내 작가에게 그런 기회가 없었기 때문이다. 딱 한 번 동상
의뢰를 받은 적이 있었다. 선급금도 받지 않은 채 공들여 작업하다 절반
정도 완성했을 무렵에 취소되어 버렸다. 완성된 작품을 보고 값을 매겨달
라는 작가적 마인드로 시간을 들여 작업했지만 그저 보기 좋은 동상을 빠
른 시일 내에 세워야 했던 그들에게는 사치의 시간이었던 것이다.

그는 자신이 매만지는 크고 작은 조형물에 생명을 불어넣고 싶은 작가의 본능을 결코 누를 수 없었다. 일본 유학 시절 마네킹을 만드는 아르바이트를 했을 때도 작품처럼 마네킹을 만들어 더 이상 일을 할 수 없었던 적도 있었다. 한국에서 예수상을 의뢰받았을 때도 너무나도 인간적이고 비루해 보이는 예수상을 만들어 교회에서 반입을 거부하기도 했다. 예술가들은 때로는 너무 순수해서 세상 물정을 모르는 아이 같다. 그걸 알면서도 영악한 예술가가 되기를 거부했던 건지 그는 죽기 전 벽에 "범인에겐 침을… 바보에겐 존경을… 천재에겐 감사를."이라는 글을 남겨놓았다.

관리자의 허락으로 작가의 작업도구들이 놓였던 테이블에 스케치도구를 조심스레 풀어놓았다. 혹 마지막 유서를 썼던 테이블이었을까. 그런 짐작을 하니 행동 하나하나가 더 조심스러워진다. 그는 자살하기 전 세 통의 편지를 테이블 위에 남겼다.

평소 친하게 지내던 박혜일 교수에게 한 통, 여동생 이름으로 탁상 밑에 한 통. 그리고 마지막 한 통은 "정제야… 정제 정제 정제…" 이름을 열두 번 쓰고 "인생은 공, 파멸이다. 오후 6시 거사."라고 쓴, 그가 사랑했던 제자 김정제에게 보내는 것이었다. 이름과 단어 몇 개가 전부인 짧은

편지지만 이름과 이름 사이 공백에는 제자를 사랑한 애틋함과 슬픔의 시간이 잔뜩 스며 있는 것만 같다. 끝으로 갈수록 흔들리는 글씨는 긴 글이 이어지지 않았어도 당시 그의 심정이 고스란히 전해진다.

      이곳에 놓인 모든 도구는 작가가 직접 만든 것으로 문화유산에 포함되어 함부로 만질 수 없다. 때문에 관리자가 따로 마련해준 의자에 앉아 그림을 그렸다. 그가 자주 사용했던 의자가 바로 옆에 있으니 기분이 묘했다. 가끔씩 밖에서 들려오는 새 소리와 바람에 나무가 흔들리는 소리, 스케치북에 선을 긋는 펜 소리만으로도 가득 채워질 정도로 작업실은 고요했다.

권진규 아틀리에 안에 있는 조각상.

작업실 계단 한쪽에 손질하다 만 돌덩어리가 눈에 들어왔다. 다가가 살펴보니 얼굴이 엷게 드러나 있었다. 한참을 만지작거렸을 돌은 미완성인 채 그곳에 놓여 있다. 누구의 얼굴일까? 그가 사랑했던 정제의 얼굴일까? 마치 금방이라도 작가가 다시 들어와 완성하지 못한 돌을 작업대 위에 올려놓고 다듬을 것만 같다. 주인이 떠난 아틀리에는 적막감이 흐르지만 작가가 사용하던 도구들과 흔적이 남아 있어 여전히 주인을 기다리고 있는 듯했다.

자신의 분신과도 같은
작품을 남겨두고...

권진규는 어려서부터 흙을 가지고 노는 걸 좋아했다. 그저 무언가 만들어내는 것을 좋아해 학창 시절에는 학교에서 상도 잘 타왔다. 그의 예술적 호기심이 성숙한 예술적 관점으로 싹을 틔운 것은 그가 스물한 살이 되던 해 우연히 시작됐다. 음악 감상을 하다 문득 음악의 선율을 조형의 양감으로 표현하면 어떨까 고민하면서 조각에 관심을 가지게 된 것이다. 이후 성북동으로 이사를 오고 서양화가 이쾌대가 운영하는 성북회화연구소에 들어가 본격적으로 미술공부를 시작했다. 속리산 법주사에 석가여래입상 조성작업에도 잠깐 참여했다. 그러면서 불교조각에도 관심을 갖는데 이는 훗날 그의 작품에 큰 모티브가 된다.

일본에서 공부하던 형이 있어서 아버지의 반대에도 불구하고 그는 1948년 일본으로 건너가 무사시노미술학교에서 조각 공부를 한다. 그의 스승은 시미즈 다카시로, 부르델(로댕의 제자)의 제자였다. 그러니까 권진규는 로댕의 4세대쯤 된다. 때문에 그의 초기작품에서는 로댕의 분위기가 많이 느껴진다. 당시 일본은 브론즈로 작품을 만드는 것이 유행했다. 하지만 권진규는 테라코타나 건칠 같은 전통재료에 더 흥미를 가졌다. 또한 구워질 때 불이 주는 우연성(偶然性)에 매력을 느꼈다. 작가는 흙을 빚어 형상을 만들고 자연은 생명을 불어넣으며 작품을 탄생시켰다.

학교에서도 테라코타 작업을 가르쳤지만 다들 유행을 따르던 때에 옛 방식을 고집하던 사람은 권진규밖에 없었다. 동기들 사이에서도 선생이라 불릴 만큼 재능이 뛰어났지만 작업방식 때문에 인정받지 못했다. 사람들은 시대를 거스르는 멍청한 짓이라며 뒤에서 수군거리기도 했다. 하지만 묵묵히 자신의 방식을 추구했고 어느덧 스승의 영향력을 벗어나 독자적인 미술세계를 가지며 이름을 알리게 된다.

그의 유학 생활은 그리 넉넉하지는 않았다. 권진규는 마네킹 만드는 일을 하거나 영화사에서 세트제작 일을 하면서 생계를 이어갔다. 고단하고 힘든 타지 생활이었지만 그는 힘들어하지 않았다. 모교에서 재능을 인정받아 교수직 초청을 받기도 했고, 개인전을 통해 화랑에서 후원하겠다는 제의까지 받는 촉망 받는 작가였기 때문이다.

모든 것이 순탄하게 진행되던 무렵 갑작스런 아버지의 죽음과 어머니가 위독하다는 소식은 그를 다시 고국으로 돌아오게 했다. 망설임은 없었다. 사람들은 일본으로 귀화하라 했지만 그는 자신만의 한국적인 전통미학을 완성해 조국에서 인정받고 싶었다. 당시 한국 조각은 외국 작품들을 모방한 서양풍 추상적 조각이 유행하고 있었다. 그는 근본적인 탐구가 결여되었다며 고국에서 리얼리즘을 정립하고 싶다는 의지를 보였다.

하지만 고국에서의 시작은 부산에 발을 내딛는 순간부터 좋지 않았다. 일본에서 보내온 그의 작품들이 상당 부분 파손된 것이다. 당시는 미술 포장도 미흡한 시대였고, 테라코타 작품의 강도는 그리 강하지 못했다. 자식을 떠나보내는 것 같아 작품도 잘 팔지 못한 그인데, 빛도 보지 못하고 컨테이너 박스에서 사라진 작품들을 보며 무척이나 허망했을 것이다.

막상 집에 와보니 집안 사정도 좋지 않았다. 아버지의 친척이 사업을 하다가 망해서 가세가 기울어 있었다. 절망을 느낄 새도 없이 권진규는 곧장 어머니를 모시고 집값이 저렴한 지금의 아틀리에 자리로 이사를 했다. 손수 집을 짓고 작업실도 만들었다. 거대한 기념상 제작을 염두에 두어 아틀리에 천정은 높게 했다. 맞춤형 작업대를 만들고 벽돌을 나르며 우물과 화덕도 만들었다. 작품들을 전시할 복층 위 선반도 제작했다. 그렇게 공을 들인 아틀리에가 2년 만에 완성되었다. 복층 계단에 걸터앉아 그는 이곳에서 만들어 세상에 선보일 작품을 상상하며 희망을 품었다. 일본에서 반응도 좋았고 유망주였던 그였기에 한국에서 시작하는 것도 그리 어렵지 않

을 거라 생각했다.

그러나 그의 예상은 빗나갔다. 일본에서의 호평과 달리, 그의 작품은 시대에 뒤떨어진 작품이라는 혹평을 받았다. 당시 대부분의 조각가들은 새로운 재료를 탐구하고 서양풍 실험적 추상조각을 따랐기에 그의 작품을 진부하고 고루한 것으로 평가한 것이다. 작품은 팔리지 않았고 의뢰도 잘 들어오지 않았다. 의뢰가 들어와도 중도에 취소되거나 작가의 색깔이 너무 짙어 조각상이 마음에 들지 않는다며 사지 않았다.

그는 포기하지 않았다. 시간강사로 출강하고 대부분의 시간을 작업실에서 보내며 끊임없이 작품에 몰두했다. 자신의 예술적 한계를 뛰어넘고 싶었다. 하지만 그럴수록 고독과 외로움은 더욱 깊어졌다. 생활고마저 그를 힘들게 만들었다. 결국 몸까지 아프자 그는 무력증에 빠졌다. 말수가 적고 혼자 고민하는 스타일이었기에 누군가에게 부탁을 하지도, 소주 한 잔을 기울며 속내를 털어놓지도 못했다.

1973년 5월 4일. 그날은 〈가사를 입은 자소상〉, 〈마두〉, 〈비구니〉 세 점이 고려대학교 박물관 수상작으로 선정되어 기증을 하고 두 번째 되는 날이었다. 그는 전시장에 놓인 자신의 분신과도 같은 작품들을 바라보며 작별인사를 했다. 그리고 작업실로 돌아와 세상과 영영 이별을 했다.

진정 창의적인 사람이라고 해봐야 비정상적이고 비인간적 감수성을 타고
난 사람에 지나지 않는다. 그들에게는 가벼운 손길이 주먹질처럼 느껴지
고 소리는 소음으로, 불행은 비극으로, 행복은 황홀경으로, 친구는 연인으
로, 연인은 신으로, 실패는 죽음으로 느껴진다.
그들은 작곡을 하거나 시를 짓거나 뭔가 의미 있는 것을 창조하지 않는 한
숨이 막혀 버린다.

_펄 벅

이상의 집은 2009년 6월 문화유산국민신탁이 첫 보전재산으로 매입한 곳이다.
2011년 '이상과의 대화' 프로젝트를 통해 살림집으로 사용되던 집은 리노베이션되어
2014년 지금의 모습으로 개방되었다.
재단법인 아름지기와 MOU를 맺어 함께 운영, 관리해오다 현재는 아름지기와
2016년 7월 계약기간이 종료되어 다시 문화유산 국민신탁에 의해서만 관리되고 있다.

유리문에 입혀진 강렬한 그래픽은 이상의 시 〈선에 관한 각서〉 연작시 부분의 시어들을
녹여 표현해놓은 것이다.

이상의 집

Since 2011
통인동

:

박제가 되어 버린 천재를 아시오

이상

경복궁 서쪽에 위치한 은행건물 골목길을 따라 조금만 올라가면 오른쪽으로 커다란 창에 기하학적 문양을 붙여 장식한 기와지붕 건물이 나온다. 커다란 철 프레임 위에 있는 모던한 간판은 이곳이 '이상의 집'임을 알린다. 그 뒤 콘크리트 건물 위에도 이상이란 단어로 사람 얼굴을 형상화한 독특한 간판이 솟아 있다. 설치미술가 최정화 씨와 그래픽 디자이너 안상수 씨의 작품이다. 한눈에 봐도 범상치 않아 보이는 곳이다. 이곳은 소설 《날개》, 시 《건축무한육면각체》, 《오감도》 등 염세적이면서도 난해한 글을 써서 1930년대 문학계에 지변을 일으킨 천재 작가 '이상'의 생가 터에 지어진 개량 한옥집이다. 살림집으로 사용되던 공간이 지금은 이상을

기리는 문화공간으로 탈바꿈하였다.

지어진 지 80년 가까이 되다 보니 안정성 문제로 위험 등급을 받아 한때는 건물이 허물어질 위기에도 놓였다. 다행히 보수 작업을 통해 40년 대 한옥의 골조를 일부 남기고 지금의 모습이 되었다. 커피숍이라고 하기에도, 북카페라 하기에도, 그렇다고 전시장이라고 하기에도 애매한 공간은 경계와 한계가 없는 이상의 글을 닮았다. 자유롭게 사색을 즐기고 소통할 수 있는 이곳은 서촌의 사랑방이 되어 누구에게나 열린 복합문화 공간이 되어 있다.

가볍게 열릴 것 같은 통 유리문에 손마디 하나를 걸어 열다 손톱이 깨질 뻔했다. 생각보다 육중한 문에 당황해 다시 두 손으로 힘껏 밀어 열었다. 무게감 있게 스르륵 소리를 내며 이상의 집이 열렸다. 입구부터 반전이네. 피식 웃으며 이상의 집 안으로 들어갔다. 내부는 방해받지 않고 조용히 그림을 그릴 수 있을 정도로 한적했다.

무료 음료수를 받아들고 빈 테이블에 앉아 주변을 살펴보았다. 서까래가 그대로 드러난 천정을 받치고 있는 철재 빔. 한쪽 면은 낡아 색이 바래 있고 다른 한쪽은 보수되어 깔끔해진 모습이다. 이전의 생활공간으로 사용됐던 시간의 조각들이 부분부분 보인다. 새것과 헌것의 차이가 극명하게 드러나 두 낯설음의 공존이 마치 과거와 현재를 이어주는 통로 같아 꽤 매력적으로 다가왔다.

이상의 집 내부에
사람들이 앉아 있는 모습.

화려해 보이는 건물 외형과 달리 콘크리트로 마감된 내부의 흰 벽면은 장식 없이 비어 있다. 입구 쪽 왼쪽 벽면에는 이상에 관한 책들이 구비되어 있고, 더 깊은 안쪽에는 1936년 〈조광〉 9월호에 실린 소설 《날개》의 첫 페이지가 전시되어 있다. 책에 실린 삽화 또한 이상의 작품이다.

재미난 풍경은 이상의 집으로 들어오는 사람들 대부분이 나처럼 문을 한 번에 열지 못하고 갸우뚱하다 다시 힘껏 열고 들어오는 것이다. 가볍게 보이지만 결코 가볍지 않은 그의 글과 같다고 할까? 그 풍경을 구경하는 재미가 꽤 쏠쏠하다.

펜은 나의 최후의 칼이다

건축가였고 시인이자 소설가, 한때는 화가를 꿈꾸기도 했을 만큼 그림에도 재능이 많았던 이상. 재능이 너무 많은 것이 문제였는지. 아무리 천재는 일찍 죽는다는 말이 있기로서니 그의 생은 짧아도 너무 짧았다. 비교 자체가 우습지만 기껏해야 나는 그의 나이 때 연애편지 한 줄 쓰는 것도 버거웠는데 이상은 제목부터 의미심장한 시와 소설들을 쏟아내고 27살에 요절해버렸다. 지금까지도, 그리고 앞으로도 오래도록 화두가 될 생명력 있는 글들을 토해내고 말이다.

이상의 집 내부.

이상은 1910년 9월 23일 종로구 사직동에서 태어났다. 그의 아버지는 활판소를 운영하시다 재단기에 손가락 세 개를 잃고 힘겹게 생계를 이어 갔다. 반면 큰아버지는 할아버지의 재산을 물려받아 300평 정도의 큰 집에서 살았다. 이상은 3살 때 가족과 떨어져 아들이 없던 큰아버지 집에 종손으로 들어가 20여 년간 살았다. 통의동 154-10번지, 지금 내가 앉아 있는 곳이 그가 수없이 거닐고 몸을 뉘었던 곳이다. 이곳에서 이상은 백부의 손에 자라며 집안을 일으켜야 한다는 기대와 압박을 겪는다. 그 암울했던 시간들은 그가 '김해경'에서 '이상'이라는 필명으로 살아가는 거점이 된다.

필명은 고교 시절 절친했던 구본웅(한국 최초의 야수파 화가)의 화구 선물을 받은 것을 계기로 지었다고 전해진다. 그림을 그리고 싶었으나 가난으로 화구를 살 수 없었던 이상에게 구본웅이 자신의 화구상자를 선물했다. 이를 고맙게 여긴 이상은 오얏나무 이(李)자와 상자 상(箱)자를 써서 필명을 지었다는 것이다. 훗날 구본웅은 담배 파이프를 물고 있는 〈친구〉라는 제목의 이상의 초상화를 남길 만큼 둘의 우정은 각별했다.

이상은 학창 시절, 천재 소리를 들으며 조선인 최초로 일본인이 운영하는 경성고등공업학교를 수석으로 졸업했다. 이후 조선인 최초로 조선총독부 내무부 건축과 기사로 특별채용, 누구나 부러워하는 안정된 직장을 가졌다. 하지만 늘 자유롭고자 했던 그에게 식민지 시절 정책에 맞게 건물을 설계하고 감독하는 일은 상당히 지루하고 권태로웠다. 하루하루 무의미한 날들이 지나가던 1931년의 어느 날, 그는 폐결핵이라는 청천벽력 같은 진단을 받는다. 이상은 자신의 운명을 한탄하며 운명에 대한 복수를 결심한다. 그때 그가 쓴 첫 소설《12월 12일》에 죽음을 초월하려는 의지를 비춘 대목이 나온다.

"나는 죽지 못하는 실망과 살지 못하는 복수, 이 속에서 호흡을 계속할 것이다. 나는 지금 희망한다. 그것은 살겠다는 희망도 죽겠다는 희망도 아무 것도 아니다. 다만 이 무서운 기록을 다 써서 마치기 전에는 나의 그 최후에 내가 차지할 행운은 찾아와주지 말았으면 하는 것이다. 무서운 기록이다. 펜은 나의 최후의 칼이다."

그림을 그리는 것이 건강을 악화시킨다는 가족의 반대로 이상은 붓 대신 펜을 잡았다. 이후 무서운 속도로 글을 써내려가는데 1년 동안 써낸 시만 해도 무려 2천여 개가 된다. 소설은 그가 요절하기까지 13편을 남겼다. 1936년 9월에는 일본으로 건너가 《공포의 기록》, 《종생기》, 《권태》, 《슬픈 이야기》, 《환시기》를 써냈다. 그러다 사상불온의 혐의로 일본 경찰에 체포되었다가 건강 악화로 풀려난다. 이때 지병인 폐병이 도져 1937년 4월 17일 일본 동경제대 부속병원에서 쓸쓸히 27살의 짧은 생을 마감한다.

　　비록 짧은 삶이었지만 남들이 일생을 다 바쳐도 써낼 수 없을 작품들을 그는 단기간에 남겼다. 그것도 시대를 넘어선, 현대 문학의 근간이 되는 중요 작품들을 말이다. 어차피 곧 죽을 것이기에 자살할 수도, 오래 살지도 못하는 그의 가혹한 운명에 대한 통쾌한 복수였다.

　　이상에 관한 책 한 권을 뽑아들어 자리로 돌아왔다. 그에 관한 시간적, 수학적, 건축학적 등 여러 시점으로 해석해놓은 글들을 엮은 책이다. 그런데 왜 해석된 글이 더 어렵게 느껴지는지. 몇 장을 힘들게 넘기다 에 잇! 하고 금세 책을 덮어 버렸다. 우스갯소리로 이상의 글은 읽다가 한 열 번 정도는 책을 집어던져야 조금은 이해할 수 있다는 얘기를 친구들과 했었다. 그만큼 너무나도 난해했다. 암호 같기도 하고. 수수께끼 같고, 의미를 알 것 같다가도 모르겠고. 이상은 정말 이상했다.

　　필시 우리만 그런 느낌을 받은 것은 아니었다. 1930년대 당시 그의

시 《오감도》는 조선중앙일보 신문에 30회로 연재하기로 했다가 '난해하다. 이건 시가 아니다. 독자를 우롱한다'는 항의가 빗발쳤다. 결국 15회로 연재 시작 2주 만에 중단했다. 이상은 이후 〈오감도 작가의 말〉이라는 해명글로 "왜 모두 자기를 미쳤냐고 하는지 모르겠다…(중략)…하도들 야단에 연재를 끝내지 못해 서운하다"며 신문사에 전했지만 끝내 신문사는 글을 실어주지 않았다. 이 글은 이상이 죽은 후 그의 친구인 소설가 박태원에 의해 공개되었다. 나머지 15편의 오감도는 아쉽게도 이상의 죽음과 동시에 행방불명되어 결국 미완에 그쳤다.

뜬금없이 글 중간에 도형이 들어가고 숫자로만 완성되었거나 띄어쓰기와 문법 따위는 가볍게 무시해버린 그의 낯설고도 수수께끼 같은 시는 지금까지도 '이럴 것이다'란 추측만 할 뿐 정확하게 해석되지는 못하고 있다. 이해할 수 없었기에, 이해할 것도 같았기에 더욱 오묘한 그의 글은 알면 알수록 더욱 빠져들어 그의 문학을 추종하게 만든다.

어떻게든 그의 시를 해석해보려고 전전긍긍하는 현대 지식인들을 본다면 이상은 팔짱끼고 "어디 한 번 해보시게." 하며 담배 파이프를 물고는 웃을지도 모르겠다. 철학자 강신주는 "시는 우리의 정서를 불쾌하거나 불편하게 만든다. 지적으로 발달되어 있지 않으면 불편함을 느끼지 못한다. 좋은 시는 가슴으로 들어와 머리를 움직인다."라고 했다. 그의 말처럼 이상의 시를 읽을 때마다 불편함을 느끼고 머리가 아픈 건 도저히 모르겠어서가 아니라 지적으로 발달되어서라는 소심한 자기 위로를 해본다.

날자,
한번만 더 날자꾸나

마치 은행 금고문 같이 크고
묵직한 철문이 뒤 벽면에 자리해 있
다. 이상에게 헌정된 공간으로 건
축가 이지은 씨가 만들었다. 문을
열면 계단이 연결된 어두운 공간
이 나온다. 벽면에는 이상에 관한
슬라이드가 돌고 있고 계단 위쪽
다른 문으로 통하는 벽면에는 검

이상의 집 내부에 있는
묵직한 철문.

은색의 뛰어가는 남자 형상의 그림이 그려져 있다. 자연광이 들
어와 그림을 비추니 마치 그림 속 남자가 빛 속으로 뛰어가고 있는 듯 보
인다. 참으로 시적인 공간이다.

빛을 따라 계단을 올라가 보았다. 계단 끝의 문을 나서니 1평짜리 테
라스가 나왔다. 이게 끝인가? 무언가를 크게 기대했던 탓인지 조금은 당
황스러웠다. 그러다 테라스에 기대어 이상도 바라보았을 서촌의 하늘을
가만히 올려다보았다.

저 멀리 비둘기가 자유로이 날아가는 모습이 보인다. 어두운 계단을
다시 내려다보니 암울했던 시대에 태어나 이곳에 박제되어 있던 이상이

펜을 잡고 어깻죽지에 날개를 그려 넣는 모습이 그려졌다. 모든 열정을 종이 위에 쏟으며 날개를 완성한 그는 어깨를 들썩여 날개의 이상 여부를 확인한다. 그러고는 빠른 속도로 계단을 뛰어올라 까마귀가 되어 하늘로 날아갔다. 자유로이 파란 하늘을 유영하며 서촌을, 그리고 그의 공간에 있는 나를 내려다보는 듯했다. 오감도다.

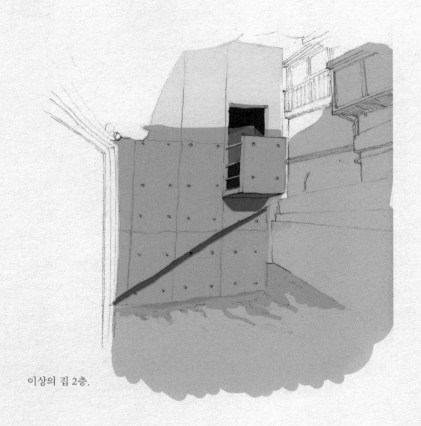

이상의 집 2층.

사실 이 건물은 이상의 생가
도 아니고 그에게는 좋은 기억이
없는 터일지도 모른다. 하지만 그
동안 이상에 관한 기념관 하나 없
이, 심지어 그를 묻은 미아리 공
동묘지도 유실돼 그를 기억할 장
소는 아무 곳도 남지 않은 상황이
다. 이곳은 그를 추억할 수 있는
유일한 곳이다. 그만큼 우리에겐
그 가치와 의미가 크다.

이상의 시는 시각적으로도 즐길 수 있는 시 즉, '눈으로 보는 시'(visual
poetry)라고 한다. 그의 글들이 종이 위에만 남지 않고 실체화되어 지금의
공간이 되지 않았나 생각된다. 이곳은 이상의 시를 닮은 이상스러운 그 이
상의 공간이다.

수연산방

Since 1933
성북동

:

상허 이태준의 숨결을 기억하고 있는 고택

이태준

　　성북동 248번지, 아담한 크기의 제법 잘 갖춰진 한옥의 처마 끝, 달빛 아래 물고기 모양의 풍경이 바람에 은은히 울린다. 30대 후반으로 보이는 한 사내가 잠을 이루지 못하고 툇마루에 걸터앉아 자신의 집을 둘러보고 있다. 각 건물엔 죽향루(竹香樓), 문향루(聞香樓), 상심루(賞心樓)라는 현판이 걸려 있다. 지을 때부터 세세한 것 하나에도 정성을 들인 집. 이제는 마당에 심어둔 꽃들도 제법 자리를 잡고, 허리만큼 오던 묘목들도 한 자리 크게 차지해 있다. 집은 사람 냄새 베인 공간으로 한 살 한 살 먹어가는 중이다. 그 집을 바라보고 있으니 감회가 새롭다.

불현듯 너무 일찍 돌아가셔서 이제는 얼굴도 희미해진 부모님 생각에 눈가가 촉촉해진다. 배를 곯고 노숙까지 했던 시절도 주마등처럼 스쳐간다. 어느덧 결혼하고 가장이 되어 다섯 남매의 아버지가 되었다. 섬돌 위 가족들이 벗어놓은 크고 작은 신발들의 흙을 털어주다 보니 이제는 다 꿈같이 느껴지는 시간들이다. 뒤를 돌아보니 아내와 토끼 같은 자식들이 쌔근쌔근 자고 있다. 새삼 아름답고 감동적으로 다가오는 광경이다. 사내는 이 밤의 감동을 함께 나누고 싶어서 잠든 식구들을 깨우고 싶어졌지만 꾹 참았다. 자연의 소리와 어우러지는 가족들의 숨소리를 들으며 혼자만의 고독을 즐기기로 한다.

아침이 밝았다. 사내는 메리야스 차림으로 마당에서 세숫물을 받아놓고 저 멀리 서울 성벽을 보며 양치를 하고 있다. 어푸어푸 세수를 하다가도 다시 바라본다. 성의 벽돌 사이 구멍을 하나하나 세어보기도, 주변의 소나무들을 바라보기도 한다. 강원도 산골 출신인 그는 어릴 적 자주 걷던 산길이 생각나 이렇게 아침마다 산과 성곽을 바라보는 것을 좋아한다.

부지런한 아내는 벌써 아침 준비가 한창이다. 반찬으로 생선을 내오려는지 꼼꼼하게 물에 씻어내고 있다. 사내는 그 물을 받아 마당의 파초에 뿌려준다. 2년 전 이웃집에서 사다 심은 작은 잎들이 벌써 성북동에서 가장 큰 파초가 되어 동네 이웃들도 감탄이다. 꽃이 피어 이제 곧 죽을 거라며 팔라는 사람도 있지만 여름에는 시원한 그늘막이 되어주고 비오는 날에는 투둑투둑 비 맞는 소리를 들려주고, 아름다운 꽃을 피워 눈을 즐겁게 해

주던 벗을 사내는 팔 생각이 없다. 파초 외에도 마당엔 황국, 맨드라미, 앵두나무, 감나무, 살구나무, 대추나무, 모란, 백화 등이 구석구석 자리했다.

어느새 아이들도 기지개를 펴고 일어났다. 큰딸 소명과 둘째 소남이가 고사리 같은 손으로 아내를 도와 아침상을 준비한다. 딸 셋에 아들 둘, 일곱 식구의 식사시간은 늘 요란하다. 아침상을 무르고 아내  는 아이들을 한 명씩 불러 단장시킨다. 오늘은 가족사진을 찍는 날이다. 아이들의 옷을 단정하게 입히고 머리도 매만져 놓는다. 어느새 사진사가 와서 준비하는 동안 아이들은 그 사이를 참지 못하고 술래잡기를 하며 뛰어논다.

"자, 이제 준비됐습니다."라는 사진사의 말에 사내는 막내딸 소현을 안고 '상심루'라는 편액이 걸린 행랑채 앞으로 아이들을 불러 모은다. 공들여 닦아놓은 아이들의 신발에는 이미 흙먼지가 앉아 있다. 아이들은 사진사의 "웃으세요!"라는 말에 키득키득, 볼 한가득 웃음을 참으며 사진기를 바라본다. 후레시가 터지며 찰칵! 사내의 인생에서 가장 달콤한 봄날 같은 시절이 그렇게 사진에 담겼다. 벽에 걸린 사진은 이내 흘러가는 시간에 점점 빛바래진다.

문인들이 모이는
산속의 작은 집

"연자는 '벼루 연'자예요. 그것이 다 마르고 닳을 때까지 글을 쓰겠다는 문인의 마음을 담은 글이에요. 글 쓰는 사람들이 이곳에 모여 같이 글도 쓰고 얘기도 나누던 집이에요."

'수연산방'이라는 당호 편액이 걸린 일각대문 앞, 마이크를 든 가이드가 사람들 틈에서 한참 설명한다. 해가 갈수록 찾는 이들이 많아지는 건 반가운 일이지만 고즈넉한 분위기에 사색하기 안성맞춤이던 곳이 북적해지는 게 못내 아쉬워진다.

화장담 돌계단을 올라 문 안으로 들어선다. 마당 한가운데 성북구 아름다운 나무로 지정된 50년생 사철나무 그늘 아래 '이태준 문학의 산실'이라는 표석이 사람들을 맞이한다. 상허(尙虛) 이태준. 1904년 1월 7일 강원도 철원 출신으로 일제의 탄압이 극에 달한 1930년대에 활동한 소설가다. 순수문학을 대표하는 작가이며, 한국 최고의 문장가라 칭송받고, '한국의 모파상'(프랑스 근대 자연주의 작가)이라 불릴 만큼 당시 문학청년들에게도 많은 영향을 끼쳤다. 하지만 지금 세대에게는 다소 낯선 이름일지도 모른다. 1947년 갑자기 월북을 하는 바람에, 남한에서 그의 작품은 금서가 되어 그를 알 기회가 없었기 때문이다. 이곳은 그가 직접 집을 짓고 1933~1946년 동안 가족들과 가장 행복한 시절을 보냈던 곳이다. '문인들이 모이는 산속

의 작은 집'이란 뜻의 '수연산방(壽硯山房)'당호도 그가 직접 붙였다. 월북 전까지 《달밤》, 《돌다리》, 《황진이》, 《왕자호동》 등 그의 대표작들이 이곳에 서 태어났다. 1998년 해금 이후 1999년 외종손녀 조상명 씨가 다시 수연산 방이라 내걸고 전통찻집으로 운영하면서 사람들의 기억 속에 희미해지던 소설가의 이름도 세상에 드러나게 되었다. 그의 고택 또한 건축학적으로도 의미가 있어 현재 서울시 민속자료 11호로 등록되었다.

넓지 않은 마당 군데군데에 알록달록한 꽃들과 크고 작은 화분들이 옹기종기 모여 운치를 더한다. "자연은 신이다. 이름 없는 한 포기 작은 잡초에 이르기까지 신의 창조가 아닌 것이 없다."라고 쓴 이태준의 글을 떠올리게 만드는 마당이다.

정갈하게 깔려진 사각 모양의 돌길을 따라 오른쪽으로 몇 걸음 더 갔다. 나무 뒤로 살짝 가려진 'ㄱ'자형 안채가 위풍당당한 모습을 드러낸다. 처마 아래는 상허가 직접 추사의 글자를 집자해 붙인 '기영세가(耆英世家, 정2품 벼슬을 지낸 학덕 높은 원로 선비들이 노니는 집)'라고 쓰인 현판이 보인다. 정면에는 '향기를 듣는 누각'이라는 뜻의 '문향루' 현판도 붙어 있다. 상허는 이렇게 방문마다 현판을 붙여놓는 것을 좋아했다. 오랜 시간 정성스레 닦아내서인지 나무 현판이 닳아진 흔적에서 집이 보낸 세월이 전해진다. 3면이 유리로 된 亞자 난간이 있는 누마루에 앉아 창밖의 풍경을 보며 글을 썼을 상허의 모습이 그려지는 듯하다.

자줏빛 맨드라미가 양쪽으로 삐쭉삐쭉 솟아 있는 돌계단을 올랐다. 기단과 섬돌 위에는 이미 방문자들의 신발이 가득 있었다. 역시 이곳의 문 위에도 '죽한서옥(대나무와 산골이 흐르는 곳의 책이 있는 공간)'이라 쓰인 현판이 걸려 있다. 툇마루를 지나 안으로 들어갔다. 본채는 평면에서 대청을 중심으로 오른쪽에 누마루가 있는 사랑채, 왼쪽에 2개로 나뉜 건넌방이 있으며 그 뒤쪽으로 전체 방이 추가되어 부엌과 화장실이 있다. 일본 양식이 조금 섞인 독특한 구조의 개량 한옥이다.

다행히 오늘도 운이 좋아 누마루에 앉을 수 있었다. 몸에 좋은 재료들이 가득 떠 있는 쌍화차를 마시며 단아한 분위기 속 은은한 가야금 소리를 즐기니 몸도 마음도 평온해지는 듯하다. 많은 문학인들이 모여 담소를 나누었을 그때를 상상하니 시공간을 넘어 그들과 함께하고 있는 것 같아 가슴이 두근거리기도 한다. 마시던 찻잔을 옆으로 밀어 놓고 종이와 만년필을 꺼내 글을 써야 될 것만 같은 공간이다. 차와 함께 내온 유과를 입에 물고 집안 곳곳을 둘러봤다. 오래된 물건을 모으고, 빈 벽은 사막과도 같다며 작은 그림이라도 걸어두고, 빈 접시를 바라보며 고요함과 정적을 즐겼던 상허. 꽃과 나무를 사랑해 애지중지 키운 난이 죽었을 때는 식구가 집을 나간 것처럼 허전하다고까지 말했다. 지금의 주인은 그랬던 그를 잘 알고 있는 듯, 집안 곳곳에 작은 화분들과 난, 벽에는 동양화를, 창가에는 빈 숙우와 찻잔 그리고 오래된 골동품 등으로 채워놓았다. 하나하나 소박하고 지나침이 없다. 잠시 외출 중이던 상허와 가족들이 금세 문을 열고 들어와도 어색하지 않을 듯하다.

이태준은 1933년 8월 모더니스트들이 추구한 순수문학 단체인
'구인회(九人會)'를 조직해 수연산방은 그들의 아지트가 되기도 했다.

고달팠던 삶에 깃든 단란했던 한때,
그리고 가족

휜칠한 키에 잘생긴 얼굴. 흡사 영화배우 같은 귀족적인 아우라를 풍기기도 했다는 상허. 왠지 달달한 유년 시절을 보냈을 것 같지만 그의 어린 시절은 곱상한 외모와 달리 반전으로 시작된다.

서얼 출생에 고아. 친척 집을 전전하며 온갖 설움 속에 마음 편히 뉘일 곳 없이 방황하며 외로운 유년 시절을 보낸다. 드라마 속 주인공의 단골 배경으로 설정되는 이 최악의 상황이 바로 이태준의 유년 시절이었다. 청년기라고 나아진 건 없었다. 오히려 걸인 생활까지 할 정도로 상황은 더욱 나빠졌다. 그럼에도 다행인 건 똑똑했고 배움을 좋아했기에 배곯는 생활에도 학업을 이어갔다는 것이다. 학업에 대한 열정은 그를 일본 유학길에 오르게 하기도 했다. 그러나 타국에서의 생활고는 더욱 서럽고 힘겨웠다. 결국 1년 만에 자퇴하고 돌아온다. 영원히 어둠이 걷히지 않을 것 같은 나날들의 연속이었다. 그러던 어느 날 우울하기만 했던 그의 인생에 한줄기 빛이 떨어진다. 우연히 1927년 유학 시절 〈조선문단〉이라는 잡지에 투고한 단편소설 《오몽녀》가 입선하면서 문단에 등단한 것이다. 덕분에 2년 간의 무직생활을 접고 처음으로 직업도 갖게 되었다. 〈개벽사〉와 〈중외일보〉를 거쳐 〈중앙일보〉의 기자로 일하고 대학에서 작문 강의도 맡을 수 있었다. 이제야 인생에 봄이 찾아온 듯했다. 이화여전음악과를 졸업한 이순옥을 만나 결혼도 한다. 4년 후 이곳 성북동 248번지에 집을 짓고 가족들

과 살며 창작에 몰두하는 행복한 나날들을 이어간다.

어려서부터 결혼 전까지 오랫동안 떠돌이 시절을 겪었던 그다. 그랬기에 가족들이 추위와 배고픔 걱정 없이 지낼 집이 생긴 것에 세상을 다얻은 것처럼 행복했을 것이다. 억압의 시대였음에도 불구하고 이곳에서그의 대표작들이 많이 태어난 걸 보면 말이다. 집을 지을 때부터 세세한것까지 돌봐온 생활을 기록한 수필집《무서록》의〈목수들〉,〈파초〉,〈고독〉등을 읽다 보면 집에 대한 그의 애정이 느껴진다. 아마도 매일같이 자신의이름 석 자가 새겨진 문패를 닦으며 이곳에서의 행복이 영원하기를 빌었는지도 모르겠다.

이태준은 일제강점기임에도 창씨개명을 거부하고 조선말로 연설하며 일왕찬양 대신《춘향전》의 한 구절을 읽고 내려올 만큼 그 어떠한 정치적 성향을 지니지 않은 순수파 작가였다. 하지만 순수 문학인의 지조를 지켜오던 그도 일제의 흉포에는 어쩔 수 없었던 듯하다. 결국〈지원병 훈련소의 일일〉,〈토끼이야기〉,〈대동아전기〉같은 친일 성향의 글을 발표하게된다. "문예작품에서는 사상보다는 먼저 감정이다(…) 그러므로 사상가의소설일수록 너무 윤리적이 되고 만다"라고 말하며 순수한 문학 예술인이기를 꿈꿨던 그는 무력에 의해 강압적으로 써내려간 자신의 소설들을 보며 고통스러워했다. 1944년《제1호 선박의 삽화》라는 단편소설을 마지막으로 절필하고 고향 철원 안협으로 낙향한다. 해방 이후에는 카프 쪽 문인들과 어울리며 '전국문학자대회'를 준비하기도 하며 '조선문학가동맹'을

만들어 중앙집행위원회의 부위원장으로 나서는 등, 전과 다른 행보를 보여 많은 사람들을 당황케 했다. 하지만 이 모든 이유를 설명이라도 하듯 이태준은 자신이 겪은 사상적 갈등과 변모 과정이 담긴 자전적 소설《해방전후—한 작가의 수기》를 발표하고 1946년경 가족을 데리고 돌연 월북해버린다. 누가 알았을까. 그저 맘껏 글을 쓰고 싶다는 마음으로 오른 월북의 길이 가족의 비극사라는 결말로 끝을 맺을 줄.

월북 초기에는 '조선의 모파상'이라 불리며 극진한 대접을 받는 듯했다. 하지만 결국 필요에 의해 이용만 당하다 남한에서의 구인회 활동과 일제 말 친일작품을 쓴 이력들이 거론되며 불분명한 사상의 정치성 없는 글을 쓴다는 이유 등으로 결국 숙청당하고 만다. 이후 인쇄공, 고철 수집 노동자, 탄광 노동자로 전전하며 힘겹게 살아가다 사망한 것으로 전해진다. 그의 자식들 역시 연좌제로 묶여 숙청이나 추방으로 뿔뿔이 흩어진 채 남편에게 구타를 당하거나 강제 이혼으로 어린 자식들과 생이별하고 남은 생을 비참하게 살았다는 이야기가 탈북 작가 최진이 씨에 의해 증언되었다. 한때 조선의 문단을 이끌던 그는 결국 사망 시기도 밝혀지지 않은 채 소리 소문 없이 가족과 함께 역사 속으로 사라졌다.

건넌방 벽면 위, 빛바랜 사진 속 상허와 가족들의 모습이 보인다. 액자 밖으로 웃음소리가 새어 나올 것 같이 환하게 웃는 그들을 가만히 바라보고 있으니 가슴 한 켠이 먹먹해온다.

　차를 마시며 마당을 바라보았다. 상허의 가족사진 속 오른쪽에 자리
한 조그마한 나무가 이제는 집보다 높아져 있다. 가족들의 다정한 손길을
받으며 가장 행복하고 즐거웠던 시간들을 머금고 자랐을 나무는 그때보다
더 커지고 넓어진 가슴으로 사람들을 품어주고 있었다. 상허의 어린 자식
들이 신 나게 뛰어놀았을 마당에서는 어린 꼬마가 뭐가 그리 좋은지 꺄르
르 웃으며 돌길을 뛰어다니고 있다. 상허가 그랬었을 듯 아이의 엄마도 흐
뭇하게 그 모습을 지켜보고 있다. 자신이 처음으로 품었던 한 가정의 가장
아름다웠던 봄날을 기억하는 고택은 찻집으로 변모해 찾아오는 사람들에
게 자신의 행복했던 기억을 나눠주고 있었다.

건축가 승효상은 말했다. 오래된 것은 다 아름답다고.
소설가 김훈은 말했다. 밥벌이는 숭고하다고.
100년의 세월을 지켜내며,
일상의 의미는 숭고해지고, 밥벌이의 장은 아름다워진다.
100년 가게의 모든 곳이 그랬다.

space 2.

시간이 지나도
변치 않아 고마운 그곳,
100년 가게

항상 같은 곳, 같은 모습,

같은 시간에 나를 맞이하는 점포.

100년의 세월에 깃든 정성과 인연을 추억하다

성우 이용원

Since 1927
공덕동

:

이곳에서는 누구나
머리를 숙여야 한다

회색빛 도는 빛바랜 건물이 살짝 기울어진 채 금방이라도 쓰러질 것처럼 서 있다. 바람에 조금만 힘이 실려도 금방 부서질 것 같은 얇은 창틀과 닳고 닳은 문 위에는 유화물감을 툭툭 칠해놓은 듯 오랜 세월 겹겹이 발라진 페인트 자국이 남아 있다. 한쪽에 모인 크고 작은 화분들은 마치 건물을 수호라도 하듯 다닥다닥 붙어 있다. 시간을 홀로 보낸 듯한 건물의 오래된 외투가 마치 신기루를 보는 듯 묘한 기분이 들게 한다. 다락방 구석에 보관된 그림의 먼지를 털고 마주하고 있는 것 같다. 보고도 믿기지 않는 광경이다. 삼색원통 간판이 빙글빙글 돌아가며 정지된 그림이 아닌 살아 있는 건물임을 알린다. 한쪽 문이 아슬아슬하게 열려 있어 안을 들여

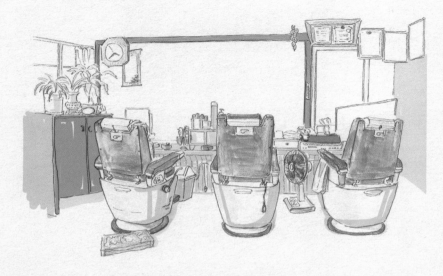

1971년에 교부받은 이용사 면허증이 오른쪽 거울 위에 붙어 있다.

다봤다. 흰 가운을 입고 안경을 쓴 채 앉아 무언가를 열심히 만들고 있는 이발사의 모습이 보인다. 다행히 손님은 없다.

"이발해주세요!"라고 말할 수도 없고, 귀찮아하시진 않으실까. 문 앞에 서서 망설이다 살짝 내려앉은 간판의 '우' 글씨를 보자 경직된 마음이 풀어졌다. 몇 년 전에 떨어져 나가 이발사가 스티로폼으로 깎아 붙여놓은 것이다. 만약 정확한 사이즈로 정갈하게 붙여놨다면 지금만큼 건물이 친근하게 보이지 않았을지 모른다. 얼른 가까운 가게로 뛰어가 이발사가 좋

아할 만한 홍삼 음료를 사들고 왔다. 찰흙으로 빚어낸 것 같은 시멘트 계단을 밟고 안으로 들어섰다. "실례합니다!"

　　우리나라에서 가장 오래된 이발소인 성우이용원의 역사는 1927년으로 거슬러 올라간다. 일본인에게 이발 기술을 배운 할아버지 서재덕 씨가 처음 가게를 열어 사위 이성순 씨(1915~84)에게 기술을 전수, 지금은 그의 아들 이남열 씨(66)가 이어 3대에 걸쳐 운영되고 있다. 이름조차 없던 이발소는 그의 아버지가 자신의 중간 이름 '성'자와 우리의 '우'자를 따와 지금의 '성우이용원'이라 이름 붙였다. 건물은 1959년에 강타한 사라호 태풍으로 초가지붕에서 슬레이트로 교체된 것 말고는 세워졌을 당시 모습 그대로다. 때문에 건물 하나 지나쳤을 뿐인데 한 발자국 차이로 건물 앞에 서면 1960년대로 타임슬립을 한 것 같다.

이발사의 오래된 연장

　네 평 남짓한 작은 공간에는 금이 가 있어도 전혀 어색하지 않은 바닥, 테이프로 고정시킨 이발용 의자 3개, 오래된 이발도구들, 파란색 날개의 낡은 선풍기, 모두 낡고, 부서지고, 오래된 것들로 가득하다. 난로 위 물을 데우는 양철통 한쪽에 솔을 비벼 만든 거품 자국이 있는 걸 보니 조금 전까지 손님이 있었던 듯하다. 수염을 깎을 때 쓰는 거품 내는 솔이 나란히 자리한 모습이 정겹다. 보이는 모든 것들이, 사소해 보이는 것 하나까지도 만져 보고 피부로 느낄 수 있는, 그야말로 살아 있는 유물들이다. 80년은 족히 넘은 이발도구들과 130년이 넘은 이발가위를 보고 있노라면 경외심마저 느껴진다. 이발사는 자신의 연장을 직접 다듬는다. 때문에 할아버지나 아버지에게서 물려받은 연장은 없다.

　"아무리 비싼 도구라도 나한테 들어오면 다른 사람한테는 값어치가 안 나져. 나한테 편하게 다 갈아버리거든."

　정성스럽게 갈린 칼이 이발사의 손에 들려 햇빛을 받아 쨍하고 반짝거린다. 이발사의 손은 하루에도 수없이 물과 비누를 만져 바짝 말라 있다. 햇빛에 말린 뻣뻣한 흰옷마냥 깨끗해 보이면서도 기름기 하나 없이 건조하다. 손톱은 자라날 틈도

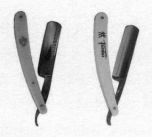

없이 개구리 손톱마냥 바짝 잘려나간다. 손가락보다 손톱이 더 길면 머리를 감기지도 못하고 이발을 하다 손님에게 상처를 낼 수도 있기 때문이다. 엄지손가락은 자주 갈라져 매일 반창코를 붙인다. 이발사의 손으로 태어나 오랜 세월 고생한 손은 이제 익숙해질 법도 하지만 겨울만 되면 더 아파온다. 그저 견뎌낼 뿐 그 손에게 해줄 수 있는 건 아무것도 없다. 대우받지 못하는 못생긴 손이라지만 오랜 시간 고된 수련 속에 만들어진 아름다운 장인의 손이다.

아버지의 일을 죽도록 물려받기 싫었던 아들

이발소를 운영하는 아버지는 다섯 형제에게 용돈을 주며 틈나는 대로 이발소 일을 가르쳤다. 그중 유독 잘 배우고 뭐 하나 시키면 꼼꼼하게 해내는 막내에게 물려주기로 점찍어둔다. 막내는 가장 왜소해서 장래 걱정이 많이 되는 자식이었다. 다른 형제들은 면도하는 법까지만 배우고 일이 맞지 않는다며 그만뒀다. 가게를 물려받기 싫었던 탓인지 마음이 콩밭에 있던 그들은 당연히 일 배우는 진도도 나가지 않았다. 반면 아버지의 뜻을 전혀 알지 못했던 막내였던 그는 하루에 8번씩 서울역까지 물지게를 지며 물을 길어다 오고 손님들의 머리를 감겨주며 아버지를 도왔다. 왜 하

는지도 모른 채 드라이하는 법, 칼 가는 법, 머리카락 두께로 신문지 오리기 등 아버지가 내는 숙제도 열심히 했다. 그저 어린 나이에 용돈을 버는 게 좋았다. 하루 종일 일해야 50원씩 받던 시절, 아버지는 2시간만 일해도 50원을 주셨다. 신이 나 더 열심히 하면 더 아낌없이 주셨다. 그러니 기술을 배울 수밖에.

그러다 어느 순간 자신을 이발사로 만들려고 마음먹으신 걸 알아차리고는 도망가고 싶었다.

"이용사 자격증까지만 따고 너 하고 싶은 대로 해라 하셨어. 그게 함정이었지. 면허증을 따고 나니 나 이제 이발 안 할란다. 네가 맡아라 하시더라고."

열여덟 살에 막상 가게를 물려받고 나니 일이 너무 하기 싫었다. 내 길이 정말 이것밖에 없는 걸까? 고민도 됐다. 그래서 그는 나중에 후회하지 않기 위해 다양한 직업을 가져보려 가게를 도망쳤다. 다행히 아버지는 다시 돌아올 거라는 걸 알고 계셨는지 잡지 않으셨다.

막상 다른 일을 시작해보고 나니 좋아 보였던 일들도 다 맘에 맞지 않았다. 세상에 쉬운 게 어디 있겠냐 스스로 다독이며 일을 마치고 와서도

이발소에 손님이 많으면 아버지를 도우려 가위를 들었다. 일 년이 지나서는 도봉산으로 도망가기도 했다. 한두 번 하다 보니 자꾸 집을 나가 산을 찾는 횟수도 늘었다. 진로에 대한 고민으로 생각의 탑을 쌓던 시절, 그는 마지막 도피로 여기고 홀연히 여행을 떠났다.

이곳의 오래전 사진.
같은 장소에 모니터와 작은 소품들만
바뀌어져 있을 뿐 가게는
예전 모습 그대로다.

"목적은 하나였어. 피신. 머릿속은 텅 비어 있었고. 집에 들어올 시간만 되면 답답했지. 도망친 거야."

세상을 떠돌며 사람들을 만나고 자신의 길을 찾고 싶었다. 돈이 없어 사람들의 머리를 깎아주며 밥을 얻어먹고 출장도 나가 여행경비를 벌기도 했다. 허한 마음을 채우기 위해 그림을 그리고 사진을 찍으며 팔도를 돌아다녔다. 이때 방황의 시간이 지금 그에게는 자리를 지킬 수 있는 최고의 자양분이 되었다. 어느 순간 자신이 정착해야 할 곳은 아버지의 이발소라는 생각이 들었다. 그 마음을 잡기까지 청년에게는 15년이란 시간이 필요했다. 그가 37살이 되던 해였다. 이왕 시작하는 거 최고가 되자는 의지도 덩달아 생겨났다. 그렇게 진로 문제 앞에서 고민 많던 청년은 어느덧 52년이라는 시간이 흘러 대한민국 장인으로 인정받는다.

이발소의 정겨운 풍경은
세월이 지나도 그대로

"좋은 이발사는 이발한 머리가 한 달이 지나도 스타일이 망가지지 않게 하지. 나한테 깎으면 그렇게 돼."

뻣뻣하게 다려 입은 흰 가운에서는 그의 꼼꼼함이, 직업에 임하는 그의 마음자세가 보인다. 이발소 안은 싹둑싹둑 가위 소리로 채워진다. 손님은 이렇게 저렇게 해달라는 말없이 그저 눈 감고 끝날 때까지 기다린다. 윗머리 자르는 기술이 이발에 생명이다. 한번 잘 깎아놓으면 다음 머리를 자를 때까지 머리 다루기가 편해지기에 정성을 들이는 시간이 길다.

"자, 다 됐습니다. 머리 감으세요." 사당동에서 왔다는 손님은 거울 속 자신의 모습을 살펴보곤 흡족해한다. 이발사는 스펀지로 손님 옷에 붙은 머리카락을 툭툭 털어내고는 작은 세면대로 손님을 안내한다. 아담한 사이즈의 세면대 위에는 양동이와 식초, 치약 같은 용품들이 손님을 기다리고 있다. 50대로 보이는 체구 좋은 손님이 앞으로 푹 숙이면 이발사가 그의 머리를 감긴다. 그

뒷모습에서 조금 전까지만 해
도 뒷골목 큰형님 포스를 풍기
던 손님이 마치 덩치 큰 아이
로 변한 것 같아 피식 웃음이
났다. 앞으로 숙이면 이발소
요. 뒤로 누우면 미장원이라
는 말이 생각나는 순간이다.
이발사는 더운물과 찬물을 섞
어 알맞은 온도의 물로 여러
번 머리를 헹궈준다. 마지막 헹굼 물
에 린스 역할을 하는 식초를 살짝 풀어주는 게 포인트. 쏴악~ 쏴악~. 세
면대 안에 물을 채우고 손님이 세수하고 나면 이발은 끝이 난다.

여기에 오면 누구나 순서를 기다리고 머리를 숙여야 한다. 삼성 이건
희 회장의 방문 때도 달라진 건 없었다. 그분이 최고의 기업가면 자신은
최고의 이발사라는 자부심으로 늘 하던 대로 이발에 최선을 다했다. 1시간
동안의 이발이 끝나자 이건희 회장은 손을 꼭 잡고는 오랜만에 진짜 이발
을 받아 감사하다는 말을 남기고 돌아갔다.

"자기가 최고라는 생각을 가지고 일해야지만 자신의 가치가 올라가
고, 그건 다른 사람이 만들어주는 게 아니라 자신이 만드는 겁니다."

이발사는 머리 스타일을 연구하기 위해 틈틈이 인물화를 그린다. 전단지 뒷면에는 샤프심으로 꾹꾹 눌러 머리카락 한 올까지 정성스럽게 그린 그림이 있다. 그림을 한 번도 배워본 적 없다지만 인물의 특징이 그대로 나타나 금세 누구의 얼굴인지 알아볼 수 있다. 이렇게 인물화를 그리다 보니 인상이 절로 익혀져 관상도 어느 정도 볼 줄 안다. 낯빛으로 건강 상태를 아는 것은 물론 몸에서 나는 수십 가지 냄새를 구분하며 오장육부가 상해 냄새가 나는 손님들에게 병원을 가보라고 이야기해준다. 머리카락으로도 건강 상태를 알 수 있다. 특히 당뇨는 모발을 잡고 있는 힘이 약해 쑥 뽑아지고 피가 나기도 한다. 머리카락이 자라는 시간도 오래 걸려 제일 날이 잘 드는 가위로 스치듯 잘라줘야 한다. 이 모든 게 많은 사람들을 만나고 머리카락 하나에 몰두하다 저절로 터득하게 된 또 하나의 기술이다. 그러면서 이발사는 섭생을 강조한다. 그 역시 손이 떨릴까 봐 술과 담배는 물론 고기도 전혀 먹지 않는다.

"어떻게 오래 일을 이어올 수 있었냐고? 그저 하루하루 열심히 최선을 다 하다 보면 절로 그렇게 돼."

이발사는 내게 '돈 안 드는 배려를 많이 해야 좋다. 그러면 돈 안 들이고도 갈 수 있는 길이 많다. 꼭 필요한 일이다'라고 당부했다. 그런 그의 배려 덕분에 이곳이 더 유명해질 수 있었구나 싶었다. 학생들이 무작정 사진

기를 들고 찾아와 찍어도, 이것저것 귀찮게 물어봐도 이발사는 음료수를 건네며 기꺼이 이야기를 나눈다.

또 다른 손님이 왔다. 이번에도 멀리서 오신 손님이다. 손님의 어깨 위에 천을 두르고 이발 준비를 한다. 동네 할아버지 같이 인자했던 조금 전 모습과 달리, 입을 꾹 다물고 이발 도구를 살피는 예리한 눈빛에서 장인의 모습을 본다. 역시 프로다.

세월의 변화 앞에서도 묵묵히 자신의 일을 하며 오랜 시간 가게를 지켜온 이발사 이남열 씨의 노력 덕분에 2014년에는 이곳이 근현대 아름다운 미래유산으로도 선정되었다. 이제는 마음대로 고치지도 못해 골치 아프게 생겼다 말하지만 왠지 싫지 않은 기색이다.

해창 양복점

Since 1945
소공로

:

한 땀 한 땀의 정성이
옷에 깃들다

조선에 맞춤양복이 처음 들어온 건 약 120여 년 전쯤이다. 당시 외국 공사관들이 모여 있던 정동 일대를 중심으로 양복점들이 생겨났다. 주로 중국인과 일본인들이 운영했는데 그곳에서 기술을 배운 조선인들이 1910년쯤 종로를 시작으로 양복점을 오픈해 명동과 남대문, 충무로 일대까지 양복점이 들어섰다. 금융기관이 밀집해 있고 호텔과 백화점 그리고 경성부청(지금의 서울시청 자리)에서 남산으로 이어지는 약 500m 되는 거리. 이 소공동 거리에도 많은 양복점이 들어왔다. 이곳은 주요 인사들과 샐러리맨 대상의 고급 맞춤양복을 취급했다. 자연스레 다방이나 술집들도 들어서 살롱 문화가 함께 자리했다. 1970~80년 대 소공동 거리에는 중절모에 슈트를 입고

잘 닦인 구두를 신은 멋쟁이 신사들을 많이 볼 수 있었다. 지금은 기성복에 밀려 10개도 남아 있지 않지만 당시에는 60여 개나 되는 양복점들이 이곳에 모여 있었다. 200년 전통을 자랑하는 영국 런던의 맞춤양복점 거리 '새빌로(Savile Row)'가 있다면 한국의 새빌로는 소공동이었다.

　요즘 젊은 세대들은 단어의 올드한 느낌 탓인지 '맞춤양복', '맞춤정장' 대신 '비스포크(Bespoke)'라 부르기도 한다. '보여주다', '나타내다'란 사전적 의미의 고어인 Bespeak에서 유래된 것으로, 직접 옷감을 선정하고 체형에 맞게 디자인과 스타일을 반영해 테일러가 처음부터 끝까지 수제로 만든 양복을 말한다. '테일러'는 디자이너와 장인을 합한 말로 재단사, 양복장이를 뜻한다.

　양복 라인을 잡는 데만 5년에서 6년, 재단기술을 익히는 데 10년. 이 시간을 거쳐 숙련되어야만 마스터 테일러 자격이 주어진다. 그렇게 익힌 기술로 양복 한 벌을 만드는 데 대략 1주일, 최소 3만 번의 바느질이 있어야 비로소 완성된다. 양복감과 공정에 따라 가격은 달라지지만 보통 한 벌 값은 120만 원 선이다. 한 달 걸려 완성되고 주로 500만 원부터 시작되는 영국 새빌로에 비한다면 훨씬 기간도 짧고 저렴한 셈이다.

　한국의 맞춤양복은 외국보다 1세기나 늦게 출발했다. 그런 한국이 세계 기능 올림픽대회 양복 부문에서 매해 우승해 모든 상을 휩쓸어 가서 지금은 해당 종목이 아예 없어져 버렸다. 그만큼 한국의 양복기술 수준은 세

계 정상이다. 이를 증명하듯 양복점 쇼윈도에 각종 수상경력을 자랑하는 상패와 상장들이 전시된 곳들이 많다. 그럼에도 외국에서 제작한 옷은 명품이라며 몇 백만 원을 호가해도 당연한 듯 지갑을 열지만, 한국의 장인들이 만드는 맞춤양복에 대해서는 그저 올드하고 비싸다는 인식이 있는 것이 아쉽다.

87년째 세상의 하나뿐인 옷을 짓다

세종대로18길을 지나 소공로로 접어들었다. 1930년대부터 도시 계획을 위해 세워진 건물들이 세월에 빛바랜 모습으로 나란히 서 있다. 서울시가 이곳에 대형 호텔이 들어서는 개발안을 승인한 이후 건물이 사라질 위기에 처하자 대부분 비워진 상태다. 중앙 차도를 사이로 오랜 시간의 격차를 두고 세워진 건물들은 현대와 과거를 마주보며 묘한 분위기를 만들어 낸다. 인적도 드물어 길가는 조용하다. '양복점 거리', '신사의 거리'라는 예전 명성이 무색할 만큼 한두 군데의 양복점만 눈에 띈다.

남산 방향으로 걸어가면 아이보리색 벽돌을 두른 낡은 건물이 나온다. 옛 조선토지경영주식회사 사옥으로 쓰인 근대 건축물이다. 1층에는 검은색 대리석 기둥을 두르고 초록색 바탕에 흰 글씨로 '해창' 간판이 붙은 양복점이 커피숍과 음식점 사이에 있다. 쇼윈도에는 대한민국 명장증서와 김

영삼 전 대통령에게 받은 훈장과 표창장이 놓여 있다. 1945년부터 소공로의 변화를 묵묵히 보며 격세지감 속 같은 자리를 지켜온 '해창 양복점'이다.

한가한 시간을 틈타 방문하자 한창남 대표님(82)이 신문을 보고 계셨다. 깔끔하게 빗어 올린 머리, 곧게 다린 하늘색 와이셔츠, 패턴이 들어간 붉은색 넥타이에 금테 안경까지. 보통 멋쟁이가 아니시다. 소공동에서 일

명 '한 회장님'으로 통하는 그는 국내 최고의 기술자도 많이 배출시키며 양복 좀 만든다는 사람이면 모르는 이 없을 정도로 유명하다. 삼성 창업주 이병철 회장, 현대 창업주 정주영 회장, 이승만 초대 대통령 등 당대를 주름잡던 굵직한 인사들의 양복도 대부분 이분의 손끝에서 탄생했다. 이병철 회장은 일본 긴자 1번가에 있는 '이찌방 가야', '에이코꾸야'라는 양복점에서 늘 양복을 해 입었다. 어느 날 이 회장은 양복을 맞추기 위해 체크 콤비를 입고 해창을 처음 방문했다. 일본에서 맞춘 거였다. 선이 틀어져 있어 한 대표님이 얘기를 할까 망설이던 중 자신의 양복이 어떤지를 물어와서 다 좋은데 선이 제대로 안 섰다고 솔직히 이야기했다. 이후 해창에서 맞춘 양복을 입고 이 회장이 일본의 양복점을 들렀더니 더 이상 자신의 샵에 오지 않아도 된다며 해창의 양복기술에 엄지를 척 들었다고 한다. 이 일을 계기로 이병철 회장은 돌아가실 때까지 이곳에서 양복을 해 입으셨다.

정주영 회장은 신발을 벗고 가봉하는 사이 비서가 새로 산 신발로 바꿔놓았다. 신발 뒤가 너무 갈려 있었기 때문이다. 가봉이 끝나고 신을 신는데 발에 익숙하지가 않아 정주영 회장이 비서에게 이유를 물었다. 너무 닳아서 새 신으로 준비했다고 말하니 자신의 신발을 다시 가져오라 하셨더란다. "그 양반이 그렇게 검소해요. 허허허."라며 깔끔하고, 소탈했던 해창의 단골손님, 두 기업인을 기억한다.

해창은 1929년 창업주 이용수 씨가 일본에서 6년간 양복기술을 배워 부산 보수동에 처음 문을 열었다. 광복이 되자마자 소공동으로 옮겨와 아

들 이순신 씨가 가업을 이었다. 지금의 한 대표님은 1972년 처음 재단사로 들어와 1995년 이 씨와 동업을 하다 2004년 가게를 인수했다. 30년 전경기가 좋았을 때는 명절 연휴도 없이 일할 정도로 손님들이 많았다. 너무바빠 앉을 시간도 없었던 시절이 있었지만 지금은 기성복에 밀려 찾는 이가 많이 줄었다. 당시 하루에 몇 명의 손님이 왔었는지 여쭤보니 "열 사람이 온다고 하면 30명의 사람을 만난다고 생각하면 돼요. 맞추고 가봉하고 찾아가고. 세 번씩 보는 거죠."라고 답한다. 그렇게 손님을 응대하고 대화하며 언제나 바빴던 그때를 그리운 듯 회상한다.

"이게 일만 있으면 참 재미있는 직업이에요."

한 대표님은 21살에 처음 양복점에 들어가 일을 배웠다. 허송세월을보내고 있는 자신을 안타까워한 이모할머니가 직접 양복점에 끌고 갔다.

"지금 성균관대학교 있죠. 거기 들어오기 전에 좌측으로 한 7m 되는곳에 '홍신양복점'이 있었어요. 할머니가 내 손자한테 일 좀 가르쳐 달라고 그곳에 부탁한 게 이 일을 시작한 계기가 된 거예요."

당시에는 기성양복이 없던 시절이라 대학 입학이며, 졸업, 취업 등의이유로 많은 사람들이 양복을 맞춰 입었다. 양복점들은 호황을 누렸고 이업계의 사람들도 꽤 많은 돈을 벌었다. 때문에 일찌감치 양복 일을 배우려고 찾아온 15~17살의 어린 친구들도 많았다. 처음에는 세월을 보낸다

는 생각으로 있던 한 대표는 점차 양복의 매력에 빠져들었다. 그러다 이왕 시작한 일을 누구보다 잘하고 싶은 욕심이 생겼다. 선배들은 자기 밥그릇이 뺏길까 봐 잘 가르쳐주지 않아 눈치껏 어깨너머로 배웠다. 당시 참고서로 삼을 책은 다 일본어로 되어 있었지만 책과 씨름하며 열심히 공부했다. 힘들여서 얻어지는 것들이 쌓여 즐거웠다. 양복점이 한가해지는 여름에도 재단을 배우는 동호회 사람들과 연구하며 부지런히 기술을 터득해갔다. 이러한 노력과 열정은 그가 이후 전직 대통령과 수많은 인사들, 같은 업종의 종사자들에게도 인정받는 마스터 테일러가 될 수 있도록 만들었다.

한 벌의 양복이 탄생하기까지

양복이 만들어지는 과정은 크게 5가지로 나뉜다. 먼저 디자인과 원단을 결정하고 손님의 치수를 잰다. 치수를 바탕으로 패턴을 뜨면 손님에게 입혀 가봉을 하고 상황에 따라 준 가봉을 거쳐 보정한다. 가봉을 할 때는 착용감, 스타일, 몸에 옷이 잘 맞는지, 기장 등을 확인하며 옷감이 울거나 움직일 때 볼륨이 모자라는지 등을 꼼꼼하게 체크한다. 마지막으로 봉제로 들어가 완성한다.

"치수를 재는 것과 제도가 가장 중요해요. 스타일이 여기서 정해지는 거니까."

　패턴을 잘라내고 가봉하는 단계에서는 그 어느 때보다 신중해야 한다. 미세한 차이에도 옷의 형태가 틀어지거나 착용감이 확 달라지기 때문이다. 재킷의 경우, 쉽게 주름이 잡혀지거나 포켓에 물건을 넣어도 들뜨지 않게 하기 위해 옷감 안에 모심지나 말총심지, 광목심지 등을 넣어 틀을 잡아준다. 기성복과 달리 마치 갑옷을 입은 것처럼 입체감 있고 힘이 느껴지게 되는 이유가 여기에 있다.

기성복과 견줄 수 없는 또
한 가지의 차이는 심지와 옷감을
고정시키는 방법에서 나온다. 보
통 기성복은 접착제로 붙이는 방
법(MTM)을 사용하지만 맞춤복
은 심지와 원단을 붙이지 않는
비스포크 방법을 택한다. 맞춤
양복의 꽃이라 불리는 이 방법은 팔(八)자 모양으로 손수 한 땀 한 땀 실로
고정시키는 방식을 말한다. 접착 방식에 비해 통풍이 잘되고 내구성이 좋
아 오래 입어도 그 모양이 유지된다. 촘촘히 '팔자 뜨기'가 되어 있는 재킷
을 보면 명인의 꼼꼼함에 입이 절로 벌어진다. 이렇듯 처음부터 끝까지 모

바지 재단을 가지고 실표 뜨기(Tailored
tack)를 하고 계신 한 회장님. 실표 뜨기는
겹쳐 있는 두 원단에 초크로 그려진 선을
따라 시침질한 중간부분을 자르고 원단을
젖혀 실의 중간을 자르는 과정을 말한다.
가위질도 무심히 뚝뚝 자르는 것 같은데
패턴 라인에 따라 오차 없이 정확하게 옷감이
잘려 나간다. 40년 경력의 노련한 손놀림이
옷감 위에서 미끄러지듯 쉼 없이 움직인다.

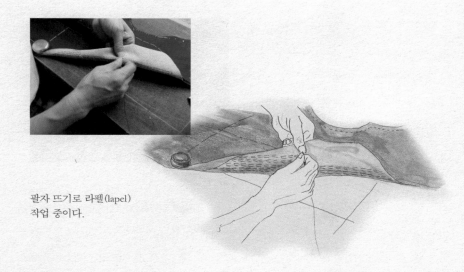

팔자 뜨기로 라펠(lapel)
작업 중이다.

든 부분이 손바느질로 제작되며 이 과정을 거쳐야만 세상에 하나뿐인, 내 몸에 맞는 양복이 만들어진다.

"기성복은 기계로 작업하니까 아무래도 디테일에서 많이 떨어져요. 예를 들어 기성복의 카라 부분은 안감과 겉감이 붙어 있지 않고 따로 떨어져 있는데 맞춤은 안에 도지(옷감이 움직이지 않도록 실로 꿰매는 것을 말함)를 다해 변동이 없어요. 입었을 때를 보면 기성복과는 태가 확실히 달라요."

"아마 이것도 우리 세대면 끝나지 않을까요. 배우려고 오는 사람도 별로 없고."

가끔 일을 배워 보겠다며 젊은 친구들이 찾아오지만 대부분이 며칠 만에 그만둔다. 시간을 요하는 일인데다, 기술은 오랫동안 해야 손에 익는 법이라 그 과정을 견디기가 쉽지 않기 때문이다.

　　얼마 전 소공동 대관정 터에 대형 호텔 신축을 문화재청이 허가했다는 소식이 전해졌다. 대관정 터를 포함해 소공로에 있는 근대 건축물들도 함께 사라질 위기에 놓였다. 땅을 매입한 회사 측에서는 여론의 눈치를 보며 보존과 활용 방안을 고려한다는 입장이지만, 처음부터 철거 계획으로 추진한 사항이라 과연 지켜질 것인지 우려의 목소리가 나오고 있다.

　　그 안에 해창이 있다. '신사의 거리'로 불리며 경성의 모던보이, 서울의 멋쟁이 신사들이 거리를 메웠던 이곳에 71년간 같은 자리를 지켜오던 해창도 이제 그 숫자를 얼마나 더할 수 있을지 모르게 되었다. 그동안 복원의 목소리를 높이며 몇 차례 추진했던 "소공로 살리기 프로젝트"도 실현되진 못했고, 소공로의 명성은 역사 속으로 사라지게 되었다. 200년 전통을 자랑하는 유서 깊은 테일러숍들의 거리, 영국 새빌로를 생각하면 그저 아쉬운 생각이 든다.

　　조용했던 해창에 슈트를 잘 차려입은 남자 손님 두 명이 들어왔다. 직원들의 추석 선물로 양복 상품권을 사려고 온 손님들이다. 조용한 해창에 혼자 있어 조금 죄송스러워질 찰나에 잘된 일이었다.

"예전엔 중매 잘 서면 양복 한 벌씩 해주곤 했는데 요즘은 그런 것도 없어요. 몇 년 지나면 술 사라고 하더라고요. 왜 그런 사람 소개시켜줬냐며. 허허허."

양복점 안에 웃음소리가 가득하다. 대화에 방해되고 싶지 않아 조용히 인사를 드리고 가려니 머슥히 빠져나가는 나를 챙겨주신다. 완성된 그림과 함께 다시 찾아뵙겠다는 인사를 남기고 가게를 나왔다. 많은 양복점이 떠나버려 적막해진 소공로를 걸으며 예전의 명성을 찾아 한국의 맞춤양복 거리로 활기를 되찾는 상상을 해본다. 이제는 기억 속에만 존재하게될 소공로를 천천히 걸었다.

* * *

이 원고를 쓰고 반 년이 지난 후 소공로를 지나가던 길에 해창의 문앞에 멀지 않은 다른 곳으로 이전했다는 표지판이 붙어 있는 걸 보게 됐다. 다행히 사라지지 않고 '한국 양복의 자존심'을 지키며 여전히 생명력을 이어가고 있는 것 같아 안도의 한숨이 나온다. 집으로 돌아와 해창의 마지막 모습을 담은 스케치를 다시 펼쳐보았다. "우리는 그저 손님이 오시면 정성과 최선을 다해 옷을 해드리는 거밖에 없어요."라고 말한 한 회장님의 말이 떠오른다.

2015년에 개봉한 영화 '킹스맨'은 새빌로에 있는 테일러숍 중 '헌츠

맨'이라는 맞춤양복점으로 위장한 비밀정보기구가 배경이 되었다. "매너가 사람을 만든다"라 말하는 해리(콜린 퍼스 분)가 슈트를 입고 시종일관 화려하고 품위 있는 액션을 선보여 젊은이들도 비스포크에 대한 매력을 느끼고 테일러숍을 찾기 시작했다. 하지만 이미 오랜 전통을 이으며 운영하던 가게들은 문을 닫아버린 후다. 다행인 건 최근 들어 외국에서 공부하고 온 젊은 사장님들이 운영하는 테일러숍들이 하나둘 생겨나고 있다는 것이다. 오랜 경력의 테일러들을 고용해 젊은 아이디어를 더한 멀티숍도 보이기 시작했다. 변화의 바람 속에서도 세계에서도 인정받은 한국의 양복기술이 사라지지 않고 그 명성을 이어가길 바란다.

통문관

Since 1934
인사동

:

고서점계의 전설을 만나다

인사동 길 초입에서 평범해 보이는 서점 하나가 있다. 80년 전부터 같은 자리를 지켰지만 요즘은 다국적 사람들이 하도 많은 길목이라 애써 의식하지 않으면 지나치기 쉬운 곳이다. 그저 평범한 헌책방이겠거니 생각했다면 오산. 그 오해는 문을 연 순간 단박에 깨진다. 박물관에서나 봤을 법한 세월을 잔뜩 머금은 책들이 특유의 종이 냄새를 풍기며 바닥부터 천장까지 빼곡하게 쌓여 있다. 12평 남짓한 공간에는 흰 장갑을 끼고 만져야 할 것 같은 고서들이 대략 2만 5000여 권 비치되어 있다. 대부분 전국 어디에도 없는 진귀한 책들이다. 1600년도 초반의 책으로 대략 4세기를 이어온 책이 있는가 하면 무려 700년 전 고려 말에 쓰인 책도 있다.

통로는 양쪽으로 쌓여진 책으로 한 사람이 겨우 지나갈 수 있을 정도다. 먼저 들어선 사람이 나가려고 하면 뒤에 있던 사람들이 문 앞까지 나갔다 다시 들어와야 할 정도의 좁은 폭이지만 누구도 불평 없이 지나다닌다. 마치 시공간을 이어주는 통로 같다. 원하는 시간, 어디로든 가고 싶다면 맘에 드는 책 하나만 집어들면 되니까 말이다.

책에 담긴 온기가 주는 묵직함, 신비로운 고서 여행

차곡차곡 누워 있는 고서에는 제목과 함께 도장을 찍어놓은 포스트 잇이 붙어 있다. 도장의 의미는 통문관에서 이미 책의 내용을 확인했다는 뜻이다. 한 권 집어 가격을 확인하니 50만 원. 또 다른 책은 30만 원. 얇디얇은 책장을 넘길 때마다 더 조심스러워진다. 동그란 종이 나침판을 붙여 손으로 빙빙 돌릴 수 있게끔 만든 책. 사람들이 춤추는 모습들을 한 장마다 그려 글과 함께 엮은 책. 고서들에 대한 이미지를 깨는 책들도 여럿 있어 시간 가는 줄 모르고 보게 된다.

언젠가 박물관에 전시된 고서를 보며 세기를 넘어온 책은 어떤 느낌일지 상상해본 적이 있다. 난생처음 만진 고서의 촉감이 신기해 이 책 저 책을 손끝으로 살피니 마치 아주 얇게 펴진 '나무가죽'과도 같은 느낌이 들었다. 책마다 지닌 체온, 아니 지(紙)온이라 해야 할지, 종이에 담긴 조

상들의 손길이 느껴지는 것 같다. 신기하다.

통로 가장 깊은 곳으로 들어섰다. 공간은 'ㅌ'자 형태의 동선으로 양쪽으로도 길이 갈라져 다시 뒤로 길이 나 있는 구조다. 통로에서 봤을 때는 컴퓨터 화면을 보는 여직원만 보였는데 책에 가려져 보이지 않았던 관장님이 보인다. 작은 접이식 테이블에 앉아 손상된 책에 풀칠을 하며 보강하고 계신다. 그들을 병풍처럼 두른 고서들이 마치 서점의 나이테처럼 보인다. 가게 안은 가끔씩 손님들의 책장 넘기는 소리와 관장님이 얇은 한지를 붙여 책을 복구하는 작업 소리만 들릴 뿐이다. 그동안 스케치 여행을 해왔던 장소 중 가장 묵직하게 다가온다. 지금도 수많은 학자들의 지식창고이며 정치인, 언론인, 작가 같은 유명 인사들이 자주 찾는 곳이다 보니 드로잉하는 동안 손님들을 힐끔 쳐다보게 된다.

한국 최초의 서점, 통문관

'적서승금(積書勝金)', 책을 쌓는 것이 금을 쌓는 것보다 낫다. 이는 물질의 풍요보다 정신의 가치를 우선하는 삶을 말한다. 통문관에 붙은 편액의 내용이다. 이곳을 만든 산기 이겸로(山氣 李謙魯) 선생님의 뜻이 그러했다. 고서점계의 전설이라 불리는 통문관의 역사는 1945년 해방 직후에서 시작된다. 일본인이 운영하던 고서점 '금항당'을 이겸로 선생이 25세 때 인

수해 통문관으로 상호를 바꿔 운영했다. 고려시대 역어교육(譯語敎育)과 통역업무를 하던 관청 이름을 따온 것으로 '사람과 책을 연결하는 곳'이라는 의미다. 간판은 1967년 근현대 서예사에 큰 업적을 남긴 검여 유희강(劍如柳熙綱) 선생님의 작품이다. 사실 주변의 것들과 달리 정갈하게 만들어진 이 간판에서 강한 기운이 느껴져 가벼운 마음으로 들어오지 못하는 사람들도 꽤 있을 것이다.

일제강점기에 한국의 중요한 고서들이 훼손되는 것이 안타까웠던 이웅은 한국전쟁 때 피난길에도 다 제쳐두고 고서들을 챙겼을 만큼 책에 대

한 애정이 남달랐다. 한번 놓치면 또 언제 인연이 될지 모르는 귀중한 책들은 빚을 내서라도 구입했다. 그렇게 구입한 책은 세상에 알려 소중히 여길 곳에 기증하거나 책의 주인이 될 만한 사람을 찾아 제공했다. 돈이 모이는 족족 책을 사는 데 쓰니 아내는 집이나 새로 짓는 게 어떠냐는 얄궂은 핀잔을 주기도 했다며 이옹의 저서 《통문관 책방비화》(1987)에서 말하고 있다. 그렇게 하나둘 모인 고서들은 국문학, 역사학, 고미술사, 한국학 연구 등 대한민국의 굵직한 학자들을 불러 모았고 이곳은 자연스레 그들의 사랑방이 되었다. 여의치 못한 학자들에게는 사무실로 내주기도 했다. 이 관장은 당시를 회상한다.

"그때만 해도 집에 전화가 없는 사람도 있었어요. 여기가 일종의 연락사무소 같이 되어서 항상 할아버님 연배의 학자들이 앉아 계셨어요."

그러한 이옹의 배려로 통문관 3층에서는 한국어문교육연구회를 필두로 국어국문학회, 진단학회, 역사학회, 복식학회, 민속학회들이 만들어졌다. 뿐만 아니라 이옹은 우리나라 국보인 월인석보, 사라질 뻔한 《삼국사기》, 최초의 한글신문 〈독립신문〉 등을 발견해 대학교 도서관에 소장하게끔 도왔으며 도난당했던 《조선왕조실록》을 발견해 훼손을 막고 영인본을 간행하여 지켜내기도 했다. 이곳을 통해 박물관이나 도서관에 기증된 국보급 책들도 여러 권이다. 그 외에도 수많은 고서의 영인본을 만들어 보존하여 많은 연구학자에게 도움을 주었던 이옹. 그는 단순한 장사치가 아닌 서지학자이자 국학자, 문화상인이었다. 그에 대한 업적으로 '동숭학술상'

을 수상했고 2006년 98세의 나이로 손자에게 통문관을 물려주고 별세했다. 이후 2대 故 우촌 이동호를 거쳐 지금의 3대 이종운 관장(47)으로 대를 이어오며 통문관은 한국 국학의 발전과 국보, 보물급 문화유산을 발굴하며 보전해오고 있다.

29살, 통문관 주인이 되다

지금은 카페, 음식점으로 바뀌었지만 인사동 사거리가 주택가였을 당시 이 관장은 이곳에 살며 어린 시절을 보냈다. 초등학교에 들어가면서 누상동 쪽으로 이사를 갔지만 토요일이 되면 어김없이 할아버지와 아버지가 계신 통문관으로 놀러 왔다. 할아버지는 손자가 오는 길목에 서서 기다리고 있다 손자가 오면 손을 잡고 모퉁이 빵집으로 가 따끈한 우유와 커다란 맘모스 빵을 사주시곤 하셨다. 가장 큰 손자이기도 했기에 할아버지의 사랑은 더욱 각별했다.

지금 이 관장이 자리한 오른쪽 바닥에는 맨홀 뚜껑처럼 생긴 것이 있다. 다섯 살의 이 관장이 고사리 같은 두 손을 모으고 서서 할아버지를 쳐다보며 천자문을 외웠던 곳이다. 당시 이곳을 사랑방처럼 드나들던 국어국문학회 학자들은 똘망똘망한 눈으로 하늘 천 따지를 외우던 미래의 통문관 주인의 머리를 쓰다듬어 주었다. 중고등학교에 들어가서는 낙원상가

에 있던 한학자 권우 홍찬유(卷宇 洪贊裕) 선생님이 운영하는 유도회를 다니며 한학을 배웠다. 그때의 공부가 이 업을 하는 데 많은 도움이 되었다. 수학도 좋아해 고등학교 때 이과를 선택했지만 학년이 올라갈수록 복잡한 공식에 흥미를 잃어 문과로 바꿨다. 그러나 이해 없이 주입식으로 외워야 했던 수업 방식이 맘에 들지 않긴 마찬가지였다.

전공에 대한 방황과 다양한 분야의 관심으로 그는 국문학을 전공하고 사회에서는 IT 분야 일을 선택했다. 이후 아버지가 돌아가시고 스물아홉 살에 통문관으로 들어오게 되었을 때는 그동안 쌓은 다양한 경험과 지식이 가게 운영에 많은 도움이 되었다. 한 분야에 국한되지 않고 다양한 책을 알아보는 시야가 생긴 것이다. 그러나 통문관을 놀이터마냥 드나들며 자란 그도 막상 주인이 되고 나니 여러 현실적인 어려움에 부딪혔다. 분명 귀한 책인 것 같지만 그 책이 정확히 어떤 가치를 지녔는지를 알아내기까지는 오랜 시간이 걸렸다. 어린 나이에 아버지 연배의 노련한 손님들을 대하는 것도 쉽지 않았다. 그러나 이 모든 것은 공부를 통해 자연스레 눈이 트이고 연륜이 쌓이면서 점점 능숙해졌다.

통문관의 모든 책 뒷면에는 연필로 가격이 쓰여 있다. 사람을 보고 가격을 부르는 옛날의 고서점들과 달리, 이웅 때부터 지켜온 '책 가격 정찰제'로 누구에게나 공정하게 판매를 한다. 이곳에는 10년 이상 한 번도 안 뽑힌 책들도 많다. 10년, 20년 동안 물가가 올라도 책값은 그대로라 운이 좋으면 그런 책을 얻는 행운을 마주할 수도 있다.

"팔 때가 되어 그걸(가격) 바꿀 수는 없어요. 나름 고객과의 약속이니. 7~8년 전에 손님이 어디서 찾았는지 책에 500원이 적혀 있었어요. 그 가격에 드렸죠. 아이러니하죠. 그게. 요새 동네 헌책방에 가도 500원짜리 책은 잘 못 구해요. 70~80년대에 나온 에세이도 2~3천 원이 보통인데, 500원이라니. 또 반대로 얘기하면 저희가 사올 때도 그런 행운의 기회가 있는 거죠."

통문관 관장님.

해마다 늘어나는 고서의 양은 상당하다. 장소의 한계로 취사선택을 확실히 하지 않는다면 영국의 헌책방 마을 '헤이 온 와이'처럼 되는 것은 일도 아닐 거라며, 그는 고르고 골라낸 알짜배기 책 20%만 두고 나머지는 도서관이나 헌책방에 인계하거나 과감히 버린다. 그러다 보니 대부분 희귀본만 있어 동네 헌책방보다도 손님층이 훨씬 적다.

고서, 아는 만큼 보인다

과연 어느 시기 때부터의 책을 고서라 불러야 할까? 한국 고서 연구회에서는 '1959년 이전에 출판된 책을 고서라고 할 수 있다'며 규정했지만 그 시기에 대해서는 여전히 학자들마다 의견이 다르다. 사실 책을 알아

절첩본

권자본

선장본

양장본, 횡련본

보는 눈이 없다면 치자 또는 괴자즙(槐子汁) 등으로 물들어 황색빛을 띠는 고서들이 그저 노란 건 종이요, 검은 건 글자로구나 하며 비슷비슷해 보일 것이다. 책도 자신을 알아주는 이에게만 비로소 자신의 가치를 드러내기에 여러 책들과 섞여 있는 보물을 찾아내려면 많은 공부가 필요하다.

고서의 종류는 시대별, 판형별, 활자별, 제책별 등으로 나뉘는데 먼저 책의 형태부터 살펴보면 다음과 같다. 접혀 있는 식의 '절첩본', 둘둘 말려진 '권자본', 세계에서 가장 오래된 인쇄물로 알려진 '무구정광대다라니경'(폭 6.6cm에 길이 6m)이 대표적이다. 그리고 '선장본'. 우리가 흔히 아는 한적(漢籍)의 형태로 서배 부분에 구멍을 뚫어 실로 메여 만든 것이 특징이다. (선장이라 부르는 이것은 일반적으로 구멍을 다섯 개 내어 만드는데 이

를 오침안정법이라 한다.) 그리고 가장 보편적으로 접하는 책의 형태인 '양장본', '합지본'이 있다.

책의 표지만을 보고도 책의 나이를 추측할 수 있는데 바로 겉표지에 능화판(책의 겉표지에 문양을 새기기 위해 나무로 만들어낸 목판)을 눌러 찍은 문양으로 알아보는 방법이다.

"능화문이라고 그래요. 이런 걸." 이 관장은 몇 권의 책표지를 짚어주며 설명한다. 오랜 세월 고단한 시간을 보냈는지 표지가 나무껍질처럼 접혀져 있거나 갈라져 있다. 그저 황색으로만 보였던 표지 안에 보이지 않던 만자(卍字) 문양이 서서히 눈에 들어온다. 금세 사라지기라도 할 듯 은은하다. 1800년도에 제작된 책이다.

"이게 꽃이 들어간 형태가 있어요. 그럼 연도가 올라가요. 연대마다 책 크기도 다르고 문양도 책들마다 달라요."

관장님이 뽑아온 책은 비단으로 싸인 한글과 한글 방점이 찍혀 있는 1600년도의 책과 그보다 조금 더 오래된 동그란 문양이 들어간 책, 만자 형태와 꽃 모양이 섞인 1700년대 책들이다. 인쇄 방법과 활자 형태로도 책의 연대를 감별할 수 있다며 그는 책마다 다른 활자도 비교해 보인다. 한적의 경우, 조선시대 첫 금속활자인 '계미자(1403년)'인지 '경자자(1420년)'인지 '경오자(1450년)'인지, 목판화로 찍었는지, 금속활자로 찍었는지, 그 외에도 글자 위치, 획의 모양, 먹색과 번짐 등에 따라 연도가 달라진다고

설명한다. 아는 만큼 보인다더니 정말 보이지 않던 것들이 보이기 시작하니 책을 보는 재미가 더해진다.

시간이 깊게 베인 종이는 넘길 때마다 깊고 중후한 소리를 낸다. 그 소리가 좋아 연신 책장을 넘기니 "종이가 다르죠?"하며 이 관장이 말을 잇는다.

"조선시대 때는 옅은 미색을 띠지만 고려 때 나온 한지는 그 정도로 제지기술이 발달되지 않아 지금의 한지와는 차이가 있어요. 종이 색깔이 확 달라요. 그걸 딱 마주했을 때 중압감 같은 게 오지요. 누가 느껴도 느낄 수 있을 것 같아요."

우리가 흔히 접하는 한지는 흰색을 띄지만 고려 때 한지는 황지계열을 띠는 황마지(黃麻紙) 또는 북황지(北黃紙)라 불리는 종이를 썼다. 당시 한지의 주재료인 닥나무 껍질에 볏짚 등을 섞어 만들다 보니 종이 면이 거칠고 양면을 쓸 수 있을 정도로 두꺼웠다. 그 외에도 '고려지'는 용도와 원료, 생산지에 따라 '견사지(絹紗紙)', '잠사지(蠶絲紙)', '잠견지(蠶繭紙)' 등으로 만들어지며 동양 최고의 종이로 평가되어 중국에 수출하기도 했다. 《동양학을 읽는 월요일》이라는 책에 따르면 북송의 4대 명필 중 한 명인 시인이자 서예가 황정견(黃庭堅, 1045~1105)은 자신의 문집 산곡집(山谷集)에서 고려지의 일종인 백추지(白硾紙, 추로 백 번 두드려서 만든 종이)가 아주 좋다고 기록하였으며 당시 시·서·화를 떠받치고 있던 최고의 종이는 모

두 고려지였다고 말한다. 그 외에도 명나라 문필가 도륭의 〈고반여사(考槃餘事)〉에서는 잠견지를 중국에는 없는 기이한 종이라며 극찬한 기록도 있다. 황금처럼 변하지 않고 오래 간다 하여 금령지(金齡紙)라고도 불렸던 고려지. 지금도 세계 최고의 종이라는 평가를 듣는 그 종이를 마주해본 적은 없지만, 한적을 만져 보니 이 관장이 느꼈을 감동을 짐작해볼 수 있었다.

책이 자기 자리를 찾아가게
돕는 사람으로 살기로 했다

할아버지와 아버지가 그러하였듯, 자신이 발견한 서적들이 정부 기관이나 주요 박물관의 귀중한 자료가 되는 것을 보면 이 관장은 책이 자기 자리를 찾아간 것 같아 가장 큰 보람을 느낀다고 말한다. 그래서 사소한 일일 수 있지만 빼놓지 않고 하는 작업이 바로 책 안을 훑는 일이다. 책이 트럭으로 들어올 때는 이 작업만 한 달 넘게 걸리지만 책 안에 무언가를 껴놓는 사람들이 많기에 꼭 거친다. 자신에겐 아무 소용없지만 그들에겐 추억이 되는 자료들이라 물건들이 나오면 챙겨두었다 다시 보낸다.

얼마 전 '훈민정음 해례본 상주본'의 소장자가 "1000억 원을 주면 국가에 헌납하겠다."고 발언해 논란이 되었던 일에 대해서도 귀중한 책일수록 박물관이나 나라에서 관리하는 게 맞다며 개인이 소유하다가 수해나 화재를 당해 귀중한 책들이 사라지는 일이 없었으면 좋겠다고 당부한다.

통문관은 10시 반에서 11시 사이에 열어 5시에 문을 닫는다. 주말에는 사람들이 많이 몰려 책이 망가질까 문도 열지 않는다. 운영 시간이 짧고 일이 쉬워 보이지만 절대 그렇지 않다. 자신의 관심 분야 외에도 최소 10개의 분야 정도는 석사 급의 지식과 정보가 있어야 감정가의 오차를 줄일 수 있다. 좋은 물건 소식이 들리면 시간과 장소와 상관없이 달려 나가가기도 한다. 책을 좋은 곳으로 보내기 위해 가교 역할자로 애를 먹는 일도 많다.

"파는 측은 한 푼이라도 더 받아야겠고 사는 측은 반대로 싸게 사려드니 중간에 든 사람만 갈팡질팡 골탕을 먹기가 일쑤다. 그래도 성사되면 다행인데 10년 공부가 나무아비타불 되기가 십중팔구이다."《통문관 책방 비화》의 내용이다.

이러한 사정도 모르고 개인이 취미로 짧은 시간을 투자해 큰 이익을 바라고 오는 사람도 있다. 그들에게 이 관장은 그저 돈만 바라보며 덤빌수 있는 일이 아니라고 말한다. 서지학 공부는 필수요, 책 경매를 쫓아다니는 것은 물론, 부지런히 시세도 알아보며 공부해야 한다고 강조한다. 박물관이나 도서관이 주로 매입하는 일부 보물급 서적은 정가제 없이 거래가 이루어지는데, 책 매입은 보통 실거래 가격에서 25% 금액 선으로 이뤄진다는 팁을 일러주었다. 책 가격이 올라갈 때까지 두었다 되파는 것은 자신의 역량이다. 제일 비싸게 사는 곳은 박물관이나 도서관, 그리고 개인, 책의 가치를 모르는 사람이 제일 싸게 부른다고 한다.

"간단히 말씀드리면 이래요. 10년 전에 산 물건이 지금 나가는 거예요. 그니까 10년 전에 사서 바로 팔면 이윤이 얼마 안 남잖아요. 생각하던 맥시멈 가격을 받기 위해서는 10년이 걸린다 치면, 10년 전에 산 물건이 오늘 나가는 거고. 9년 전에 산 게 내일 나가는 거예요." 자본력이 있는 사람이 유리하다는 얘기다.

어느덧 가게 문을 닫을 시간이 되었다. 고서를 정리하고 있는 이 관장의 손길에서 책에 대한 애정이 진하게 느껴진다. 그에게는 25살 난 아들이 하나 있다. 20대의 그가 그랬듯이 아들은 지금 다른 길을 걷고 있다. 혹시 몰라 한학을 시키며 중고등학교 때는 서당에 보내기도 했지만 아들이 원하는 길을 응원한다. 그 어떠한 경험이든 그가 통문관의 열쇠를 이어받는 날이 왔을 때도 이 역시 좋은 밑거름이 될 것임을 잘 알고 있기 때문이다.

인사동 길에 서서 다시 통문관을 바라봤다. 빠르게 흘러가는 시간 속에서 같은 자리를 지켜오며 깊은 나무 향기를 뿜어내고 있는 통문관이 듬직해 보인다.

리빙사

Since 1963
회현동 지하상가

:

LP판으로 떠올리는
아날로그 기억

　가지런히 세워놓은 LP판을 한 장 한 장 손으로 훑다가 음반을 하나
골라낸다. 싸인 비닐을 벗겨 살짝 젖은 걸레로 판을 조심스레 닦는다. 지
문이라도 묻을까 두 손으로 고이 들어 턴테이블 위에 올려놓고 바늘을 내
린다. 자잘한 수고와 번거로움 끝에 스피커에서 비로소 지직거리며 음악
이 흘러나온다. 음악은 만져가며 들어야 제맛이라 말하는 사람들. 귀찮을
법도 하지만 음악에 정성을 들인다.

　명동 지하상가에는 음악의 역사들이 빼곡히 꽂힌 레코드판 진열대가
시원스레 뻗은 길이 있다. 구부정한 자세로 판을 한 장 한 장 넘기는 사람

들, 까치발을 세우며 자신만의 보물을 찾는 사람들이 몇몇 보인다. 세월의 흔적을 느낄 수 없을 만큼 여느 음악사와 다르지 않은 모습이지만 1963년부터 지금껏 명맥을 잇고 있는, 우리나라에서 가장 오래된 레코드 가게 '리빙사'의 풍경이다.

15살 정도 된 아이가 가게 앞의 LP판들을 보고 아버지에게 묻는다.

"아빠, 이거 책이야? 뭐야?"
"아빠 때는 이걸로 음악을 들었어. CD같은 건데 큰 거야."

아버지는 궁금해하는 아이를 데리고 가게 안으로 들어와 LP 음악을

들려줬다. 어린 친구의 반응은 놀라웠다.

"LP는 3D 같아요. CD는 2D 같고요."

그러자 리빙사의 2대 대표 이석현 씨(47)가 말을 잇는다. "음장 감 때문인 거 같아요." 이곳과 잘 어울리는 바리톤의 굵직하고 낮은 목소리다. "LP는 음폭이 다양하기 때문에 소리에 볼륨감이 생겨 더 풍성하게 들려요. CD는 깔끔하게 들리는 것 같지만 음폭이 작아 음악의 풍성함을 못 느끼죠."

아무래도 디지털 음원은 인위적으로 필요 부분의 소리를 잘라 담아 고역대, 저역대가 일정하다 보니 오래 듣고 있으면 어느 순간 좀 질린다. 반면 LP는 고역대, 음역폭이 굉장히 넓고 날것 그대로의 소리를 담아내 현장감이 전해져서인지 그 시대로 빨려 들어가는 기분이다.

누구나 음악에 관련된
추억 하나쯤은 있다

이 대표는 원래 원단 일을 하고 있었다. 리빙사는 그의 장인 정호용 씨가 운영하고 있었다. 물건이 많이 들어오는 날이나 시간이 날 때 가끔 장인을 도왔을 뿐 이 대표는 이곳을 이어받게 되리라고는 생각지도 못했

다. 클래식에 대해 잘 알지도 못했을
뿐더러 팝도 남들 아는 정도만 알았으
니 말이다. 하지만 갑자기 장인이 위암
판정을 받고 이 대표가 가게 일을 돕는
시간이 늘어나면서 어느새 이 일에 두
팔을 걷어붙이게 됐다. 그가 가게를
맡았을 때 장인은 이미 위의 80% 이
상을 절단할 정도로 악화된 상태였다.

　도움이 되고 싶은 마음이 앞선 나머지 그는 크게 한번 넘어진다. 국
내에 들어오는 물건만으로는 운영이 힘들다고 판단해 장인이 과거에 거래
했던 사람이라는 것만 믿고 판 수입을 맡기다가 사기를 당한 것이다. "제
가 예전에 유럽에 좀 있었거든요. 그 사람을 잡으러 영국을 갔어요. 무턱
대고."라고 말하며 이 대표는 잠시 회상에 젖는다. "그 일을 겪으면서 음
반을 더 많이 빨리 배우게 됐고 음반을 직접 수입하게 되었죠." 결국 그 사
건은 그를 리빙사의 새로운 주인으로 맞는 중요한 계기가 되었다.

　누구에게나 음악에 얽힌 추억 하나씩은 있을 것이다. 1970~80년 취
미생활을 할 게 많지 않던 시절, 사람들은 음악으로 공감하고 위로 받았
다. 이 대표는 옛것에 대한 호기심도 있지만, 그 세대 사람들이 먹고살기
에 바빠 뒤로 미뤄둔 것들을 음악으로 다시 회상하고 행복해하는 모습에
자부심과 행복감을 느끼게 됐다. 그것이 그에게 '리빙사'가 생계의 수단을

넘어 지켜야 할 가치 있는 존재로 새겨지게 만들었다. 그의 장인이 그랬던 것처럼.

음악도 결국은 사람, 오랜 단골들의 기억을 듣다

리빙사는 1963년 명동 달러 골목에서 서점으로 시작했다. 당시 서점이라 봐야 미군 PX 같은 데서 흘러나온 외국 서적들을 파는 게 전부였다. 간혹 음반도 껴 있어 같이 팔았는데 'PX판'이라 불린 이 음반은 대부분 클래식이나 팝이었다. 사람들의 반응은 좋았지만 수입원이 비싸 수입할 수도, 팔 수도 없는 상황이라 처음에는 조금씩 불법으로 시작할 수밖에 없었다. 판을 팔다 삼청교육대로 끌려간 사람도 있어 조심스러웠지만 그만큼 판값이 뛰어 수입은 괜찮았다.

"그때는 대부분 집에 전화기도 없었는데, 음악을 듣기 위해서 라디오도 아니고 LP를 들을 턴테이블을 둔 사람이 얼마나 있었겠어요."

그 소수의 사람들은 비용을 더 지불해서라도 라이센스 계약을 맺은 국내 음반이 아닌 오리지널 미국판과 영국판을 구하려고 했다. 소리가 더 좋다는 이유 때문이다. 점점 LP를 찾는 사람들이 많아지자 장인어른은 힘든 과정을 통해 수입허가를 받아 정식 판매를 시작했다. 돈을 벌기 위한

일이었지만 음악이 맺어준 인연들로 장인어른은 이 일에 애정이 깊어졌다. 건강이 나빠진 뒤에 지하의 안 좋은 공기 때문이라도 가게에 오면 안 되었지만 장인어른은 꼭 가게를 내려왔다. 오랜 손님들이 찾아왔을 때 자신이 보이지 않으면 서운할까 싶은 마음에, 또 그들과 지난 시간들을 이야기하는 것이 행복하기에 말이다.

60년대 말부터 인연을 맺은 한 단골은 대학에 합격해 부산에서 올라와 신촌에 방을 얻게 됐다. 입학 기념으로 부모님이 오디오를 사주실 정도로 부잣집이던 그는 친구들과 자취방에서 음악을 듣기 위해 판을 사러 왔다. 당시 500원에 판을 샀는데 친구들이 음악을 듣자고 500원이나 줬냐며 하도 핀잔을 주어 가게를 다시 찾아왔다. 사정을 말하자 장인어른이 웃으며 다음에는 안 된다며 돈으로 바꿔 준 것이 인연이 되어 40년 넘게 단골이 되었다.

"지금도 오시면 옛날 애기를 하셔요. 바꿔준 500원을 가지고 친구들이랑 밤새 막걸리를 마셨다고 하시더라고요."

이곳의 오랜 단골들은 이제 LP판보다 예전 생각이 나서 들르곤 한다. 서로의 건강을 걱정하는 나이가 되다 보니 들릴 때마다 건강을 묻는다. 그러다 이곳의 큰 주인이 건강상의 이유로 물러난 것을 알고는 안타까워하고 빈자리를 아쉬워한다. 그러면서 그들은 사위와 딸도 알지 못했던 장인어른의 이야기, 리빙사의 기억 조각들을 꺼내준다.

이제는 스마트폰으로 음악을 듣는 시대가 되었다. LP는 1995년부터 생산이 중단되어 이미 사양산업이 된 상태다. 가게들은 문을 닫았고 리빙사 역시 힘든 시기를 보냈다. 빚은 늘어갔지만 돈보다는 인연을 생각해 버텼다. 그 마음이 지금의 리빙사를 지켜내는 힘이 되었다.

새로운 음악을 듣는 시도, 자기만의 명반을 찾아가는 재미

베토벤, 모차르트, 브람스의 이름은 알아도 모차르트가 몇 개의 교향곡을 썼는지, 어떤 형태로 썼는지는 많이들 모른다. 이제 막 리빙사를 맡은 이 대표도 마찬가지였다. 그의 선생님은 바로 음악과 손님들이었다. 한 장르에 빠져 판을 하나 집으면 언제 발매됐고, 초기발매인지 재발매인지 등을 줄줄 읊어내는 손님들이 그 시절은 많았다. 전문가 못지않은 손님의 말을 많이 듣고 책과 인터넷을 뒤져가며 매일매일 지식을 쌓아갔다. 종종 '음반 장사를 하면서 이것도 모르냐'는 핀잔도 들었지만 음악은 결국 그가 리빙사의 주인으로 성장하도록 많은 것들을 가르쳐주었다.

2015년 TV 예능 '무한도전'에서 1980~90년대 가수들의 무대가 큰 호응을 얻고, 드라마 '응답하라' 시리즈로 복고 열풍이 일어나면서 LP시장도 반짝 활발해지는 듯했다. LP를 듣는 사람이 좀 더 많아졌지만 손님들이 찾는 음반이 정해져 있었다. 예전처럼 새로운 음악을 찾거나 뮤지션을 찾

으려는 시도는 없다. 소위 말하는 '명반 시리즈' 정도만 들으려고 한다. 판을 구입하기 위해 유럽이나 미국을 돌아다니면 모르는 뮤지션이나 음악을 향한 사람들의 호기심을 느낄 수 있었다. 그런데 우리나라는 누군가 추천하는 리스트 안에서만 들으려고 하는 것 같다. 선택의 오류를 범하지 않으려는 것이겠지만 그것이 절대적인 기준이 되어서는 안 된다는 게 이 대표의 생각이다. 그런 이유로 명반을 추천해달라는 질문은 그에게 가장 어려운 질문이다. 특히 클래식은 같은 곡도 연주자, 지휘자에 따라 달리 해석되고 평가될 수 있다. 그래서 손님에게는 같은 곡을 다른 연주자가 한 걸 비교해서 들어보길 권한다.

"명반이라 해도 막상 내 귀에는 다를 수 있지요. 이것이 좋거나 싫다는 식의 평가는 한 곡만 듣고는 알 수 없어요. 그러니 다양하게 음악을 들어보며 자기만의 명반을 찾아가는 재미를 느꼈으면 합니다."

버티기 어렵지만, 아직은 지켜내야 할 문화산업

장인어른은 "돈을 못 벌어도 리빙사를 계속했으면 좋겠다"는 유언을

남겼다. 그렇게 당부한 데에는 이유가 있었다. 리빙사의 수익성이 매우 나빴기 때문이다. 이 대표가 리빙사를 맡았을 때 잘하면 수익성이 있을 거라고 생각했다. 하지만 막상 뚜껑을 열어 보니 현실은 너무도 달랐다.

"장사의 개념으로 따지면 분명 수익이 나야 하는 건데 안 났어요. 사실 이 업을 오래 해온 분들은 돈을 많이 버셨다는데, 아버님은 빚이 왜 이렇게 많으실까 할 정도로 마이너스였어요."

이 대표가 맡고서 겨우 플러스로 올려놓긴 했지만 사실 지금도 리빙사만으로는 수익이 나지 않는다. 하루 판매량이 많은 것도 아니고, 잘 팔리는 음반들은 정해져 있어 1년이고 2년이고 재고로 남는 것도 많지만 그것들도 확보해두어야 한다. 마진율은 어떻게 보면 높을 수 있지만 재고량이 너무 많아 수입이 안 나오는 구조다. 그렇다고 누구나 찾는 판만 구입하기란 여간 힘든 일이 아니다. 막상 음반을 사러 경비를 들여 해외에 나가도 현지 가격이 너무 올라 있어 차익이 나지 않는다. 결국 한 달에 한 번씩 가던 해외 출장도 줄였다. 해외 역시 판이 별로 없다. 그래서 그는 다른 수입원을 위해 가게 옆 옷가게도 함께하고 있다. 물건을 계속 바꿔주려면 목돈이 들기 때문이다.

"어떻게 해서든지 계속해볼 생각이에요. 다 영세하거든요. 음반 제작자들도 영세하고, 음악이 좋아서 하는 거지 수익을 보고 하는 건 아니에요."

지금 음반들은 주로 유럽이나 헝가리 쪽에서 찍어온다. 우리나라에도 충분히 기계를 설치할 기술이 있지만 영세한 형편에 운영이 힘들어 손을 든 상태다. 이제 물건을 사려면 해외로 나가야 하지만 해외 시장 분위기도 좋지는 않다. 매해 나오는 신보만 2만 타이틀, 과거 음반들을 다시 리이슈화해서 찍는 것까지 합치면 2~3만 타이틀 이상을 찍는데, 그렇다 보니 현지 공장들은 6개월에서 길면 1년씩 주문량이 밀려 있다. 그 와중에 한국 음반은 수량이 적어서 기다리다가 찍거나, 비용을 더 많이 줘야만 한다. 이렇게 힘든 시장이지만 그는 LP를 자신이 지켜내야 할 작은 문화산업이라 믿으며 끝까지 버티려 애쓰고 있다.

이 대표 품 안의 아들 둘, 딸 셋 중에는 미래의 리빙사 주인을 꿈꾸는 아이가 몇 있다. 아직은 어려 관심이 크지 않지만 좀 더 자라면 누군가는 이어갈 것 같다며 그때를 위해 이 대표는 그 길이 험한 길이 되지 않도록 미리 닦아놓고 있다. 그에게는 꿈이 있다. 장인어른의 이름을 새긴 건물 하나를 마련해 수많은 LP를 빼곡히 채워 넣고 손님들이 마음껏 음악을 듣는 공간을 만드는 것이다. 얼마 전에 오픈한 음악카페 '아날로그 기억'은 이러한 마음에서 나왔다. 오래 전부터 LP를 좋아하지만 비용과 장비, 장소의 제약으로 LP를 듣지 못했던 사람들을 위한 공간을 만들고 싶었는데 우연한 기회로 실현한 것이다. 그곳에는 그가 보물같이 아끼는 음반들만 가져다 놓았다. 어쩌면 이 '아날로그 기억' 음악카페가 그 꿈을 향한 작은 움직임이 될지도 모르겠다.

　　지나가던 어린 손님이 자기 몸에 딱 맞는 의자라며 의자에 앉아 LP판을 뒤적인다. 신기한 듯 이것저것 들춰보던 어린 손님은 엄마의 부름으로 일어난다. 금세 중년의 손님이 찾아와 의자에 앉아 앨범을 뒤적거린다. 음악을 읽어내기 위해 판 위에 앉는 턴테이블 바늘처럼, 오래된 작은 의자에 손님들이 앉을 때마다, '리빙사'라는 큰 LP판 위에 추억을 한 줄 새기는 듯하다.

동춘 서커스

Since 1925
대부도

:

살아 있는
한국 곡예의 자존심

서커스란 그저 묘기를 부리는 것이라는 나의 고정관념을 단번에 깨
준 것은 바로 5년 전쯤 라스베이거스에서 본 '태양의 서커스'다. 대사 하나
없이 표정과 몸짓으로 희로애락을 표현하던 곡예사들. 관객의 심장을 쥐
락펴락하며 무대 속으로 푹 빠져들게 만드는 그들은 마치 영험한 힘을 빌
려 마술을 부리고 있는 마술사들 같았다. 눈으로 보고도 믿기지 않는 광경
을 지켜보던 그때의 충격이 아직까지도 뇌리에 남아 있다.

서커스 공연장 천막은 내게 늘 괴기스러우면서도 판타지 가득한 공
간이었다. 요상한 분장으로 우스꽝스러우면서도 기괴한 분위기를 풍기는

곡예사와 눈이 마주치자 아이들은 마치 귀신이라도 본 듯 "끼야~" 소리치며 도망가던 영화 장면이 떠오른다. 서커스를 보러 가자는 아이들에게 "이누마, 잡혀가고 싶으냐? 아이들 잡아가서 식초물을 먹이면서 곡예사 시키는 거 모르냐."며 괜히 겁을 주던 어른들의 말도 한몫을 했던 것 같다. 지금 생각해보면 먹고살기에 바빴던 시절, 시간을 쪼개 아이들과 서커스 구경을 갈 수 없던 어른들이 지어낸 짠한 핑계는 아니었을지.

현존하는 최초이자 유일한 서커스, 서민의 애환을 달래던 팔도유랑단

서해 바다 대부도 북쪽 끝자락에 천막 극장이 있다. 곳곳에 달린 빛바랜 천막 포스터와 배너들이 이곳이 서커스 공연장임을 알린다. 이 커다란 천막은 90년 전통을 이어오는 동춘 서커스의 가설극장이다. 1925년부터 시작되어 국내 최초이자 유일하게 남아 있는 서커스로, 한국 사람이라면 아마도 한 번쯤 들어봤을 이름이다. 놀라운 사실은 동춘 서커스가 중국보다 더 전통이 길며 캐나다의 '태양의 서커스'보다도 먼저 탄생했다는 것이다. 전국 팔도를 돌며 명절이나 마을의 큰 행사가 있을 때면 늘 축제의 중심이 되어 분위기를 한껏 고조시키던 동춘 서커스. 오락거리도 없고 TV도 없던 시절 전국 방방곡곡을 돌며 서민들의 애환을 달래고 기쁨과 슬픔을 함께 나눴다. 공연장 앞에는 풍물을 세워 흥을 끌었고 그날그날 관객의 연령층에 따라 창이나 동요, 재즈 등의 프로그램을 짜서 종합예술 공연을

펼쳤다. 관객들은 식구들을 리어카에 싣고 오기도, 몸이 불편한 노모를 지게로 모셔오기도 하며 모두 축제를 즐겼다.

동춘은 오랜 세월의 팔도 유랑을 멈추고 5년 전부터 이곳 대부도에 둥지를 틀었다. 매표소에는 어린아이부터 백발의 노인들까지 줄지어 있다. 심지어 강아지도 주인 품에 안겨 입장한다. 그동안 극장, 공연장에서는 볼 수 없었던 이 낯선 풍경에 고개가 갸우뚱해진다. 공연 시작 30분 전쯤부터 하나둘 사람들이 들어와 자리를 잡는다. 자유석이라 곡예사들의 표정까지 자세히 관찰하고픈 욕심에 둘째 줄 중앙에 자리를 잡았다. 이곳저곳에 놓인 대형 선풍기만이 한여름의 열기를 겨우 식혀주고 있다. 열악한 공연장은 같은 줄 10칸 정도 떨어져 앉은 관객이 다리를 떨면 그 진동이 그대로 전해질 정도다. 낡고 여기저기 보수가 필요한 곳들이 눈에 들어왔다.

사회자가 올라와 오프닝 멘트를 한다. 동춘을 이끌고 있는 박세환 단장이다. "여러분 영화를 볼 때처럼 조용히 예의를 지켜가며 볼 것 없습니다. 웃고 떠들고 환호하시며 맘 놓고 즐겁게 보시기 바랍니다." 신비감을 주기 위해 나오는 포그는 인체에 무해하다는 친절한 설명과 동춘의 간략한 역사, 프로그램 순서 등을 소개하고 무대를 내려간다.

360도 공중회전을 하며 관객 위를 유유히 날아다니고 무대 바에 연결된 줄 하나에 몸을 의지한 채 연기하는 곡예사들을 보며 관객들은 환호한다. 사람인지 귀신인지 눈을 의심하게 만드는 기이한 몸놀림에 "어머나!" "우와!" "대박!"이라는 탄성이 여기저기서 터져 나온다. 작은 실수도 나오지만 의도된 연출인가 싶을 만큼 곡예사가 능수능란하게 대처해 코미디로 반전시킨다. 관객들도 개의치 않고 다음번 성공에 갈채를 두 배로 보낸다. 비록 태양의 서커스만큼 화려한 오프닝과 극적인 무대미술은 없지만, 배우들이 목숨을 걸고 펼치는 화려한 곡예는 입장료가 아깝지 않을 만큼 매력적이다. 점점 손에 땀을 쥐게 만드는 곡예는 1시간 30분 동안 계속됐다.

서커스는 몸이 익힌 기술을 가장 정직하게 보여주는 공연이다. 때문에 곡예사들은 보통 7~8살 때부터 트레이닝을 시작해 무대 위 엑스트라로 세워지기까지 3~5년의 숙련 시간을 거친다. 동춘에서 활동하는 곡예사는 40여 명으로 가장 어

어른, 아이 할 것 없이
즐겁게 공연을 보고 있다.

린 곡예사는 15살, 가장 나이 많은 곡예사는 35살이다. 이들은 모두 중국인이다. 물론 다른 나라 서커스 단원들도 모두 자국민으로 이뤄진 것은 아니다. 그걸 알고는 있지만 무대 위에 한국 사람 하나 없이 아리랑에 맞춰 공연하는 모습을 보자니 어쩔 수 없이 아쉬운 마음이 든다.

누적 관객 수 천삼백만 명, 공연 횟수 칠만 회의 기록

"예매하셨어요?"

인터뷰를 위해 2시간 일찍 도착한 나를 박세환 단장님이 제일 먼저 맞아주셨다. 생각보다 젊은 분이라 처음에는 못 알아뵙고 "단장님께서 전화를 안 받으시네요. 단장님과 약속을 잡고 왔습니다."라고 하자 "왜 단장님이 전화를 안 받지?"라며 오히려 궁금해하며 날 쳐다보셨다. 이때까지만 해도 단장님의 능청에 나는 '혹 형제분이신가?' 했다. 나를 안내하면서 명함을 건네는데, 그분이 바로 전화 통화가 안 된다던 박 단장님이 아닌가. 당황한 나는 연신 죄송하다며 언론에 노출된 사진보다 더 젊어 보이셔서 못 알아뵈었다고 해명했더랬다. 올해 70살인 단장님은 나이보다 한참이나 젊어 보이셨다. 미소 지을 때마다 살짝 튀어나온 앞니 하나가 언뜻 보여 장난기 많은 어린아이의 얼굴도 비춰진다. 하지만 동춘 서커스에 관한 이야기를 풀어내자 바로 카리스마 있게 말을 이어간다.

박 단장은 1962년 19살 가수의 꿈을 품고 고등학교 졸업 후 이곳에 들어왔다. 꿈 많던 청년은 무대 위에서 살며 연극, 주연, 사회, 코미디, 노래, 원맨쇼까지 모든 것을 소화했다. 어느덧 50년이 흘러 지금은 한국 서커스계의 산증인이 되어 있다. 지금도 무대에 서며 공연의 노하우는 전 세계 어떤 사람과 견주어도 자신 있다며 말이다.

"동춘 서커스는 1925년 일제 강점기에 만들어졌어요. 90년 동안 연중무휴로 공연을 했지요. 국내외적으로 이런 프로는 없어요."

동춘은 우리나라 토종 서커스로 일본 서커스단에서 활동하던 동춘 박동수가 1925년 조선인 30명을 모아 창단했다. 당시 연극영화과 같은 학교가 없었기에 문화예술인이 되고 싶은 재능인들은 다 이곳을 찾아왔다. 영화

박세환 단장님.

배우 허장강, 장항선, 코미디언 서영춘, 배삼룡, 이주일 등 수많은 스타들이 이곳을 통해 배출됐다. 한마디로 스타들의 등용문인 셈이었다.

1961년 박세환 단장이 들어왔을 때 무용팀, 곡예팀, 마술팀, 연극부, 악사, 가수 모두 합해 약 250여 명 규모였다. 지금은 동물보호법 위반으로 동물 쇼를 더 이상 할 수 없지만 한때는 수많은 동물들도 함께했다. 동물 사육사와 먹이를 주는 사람들까지도 함께 공연을 다녔다. 당시 창경궁 동

물원 다음으로 동물을 제일 많이 보유했었다고 하니 규모가 어느 정도였는지 대충 가늠이 된다.

지금까지 누적 관객 수는 약 천삼백만, 공연 횟수는 칠만 회. 전성기 때는 한 번의 공연으로도 천만 원어치 돈뭉치를 만들어 저울에 무게를 달아 셀 만큼 잘나갔던 동춘이다. 하지만 1970년대 TV의 등장을 시작으로 영화, 스포츠, 비디오 게임, 뮤지컬, 오페라 등 즐길 거리가 많아지자 관객들의 발걸음이 줄어들었다. 한국 대중문화의 중추 역할을 하며 18개나 되던 서커스단은 모두 없어지고 동춘만이 아슬아슬하게 명맥을 이어가게 되었다. 재정의 어려움과 태풍 영향으로 풍전등화에 놓인 적도 여러 번이다. 그때마다 죽자 사자 버텼다.

"우리나라는 땅이 좁고 인구도 적지요. 봄에는 농번기, 가을인가 싶으면 곧 눈보라가 치지요. 공연하기 힘든 나라예요."

그러다 2009년 신종플루로 5개월간 관객이 없자 그해 11월 동춘 서커스는 눈물을 삼키며 해체 선언을 하기에 이른다. 100년을 바라보던 한국의 서커스가 사라질 위기에 놓인 것이다. 언론은 이 사실을 앞다퉈 보도했고 얼마 지나지 않아 기적 같은 일이 벌어졌다. 소식을 접한 많은 시민들이 동춘 살리기 서명운동과 모금운동을 한 것이다. 어쩌면 마지막이 될 공연을 위해 박 단장은 집을 담보로 체육관을 빌려 최고의 공연을 준비했다. 사람들은 줄을 지어 왔고 그날로 동춘은 역사를 다시 이을 수 있게 되었다.

마지막까지
서커스를 지키기 위해서

"평양에 가면 평양서커스가 있고 미국을 가도 라스베이거스에 태양의 서커스가 있고, 프랑스의 리더쇼도 가장 가운데에 있어요. 그만큼 가장좋은 문화예술이지요. 그런데 우리나라만 다 사라진 상태예요. 저도 태양의 서커스를 많이 봤어요. 그 공연의 입장요금은 10만~20만 원 정도지요. 서커스는 12가지고요. 우리는 18가지를 하고 있어요."

캐나다의 퀘벡에서 시작된 태양의 서커스(Cirque du Soleil)는 동춘 서커스보다 59년이나 늦게 만들어졌다. 1983년 '퀘벡 발견 450주년 기념축제 공모'에 지원한 길거리 광대 '기 랄리베르테'의 제안서를 보고 당시 돈백오십억(지금의 천억 원) 정도를 정부에서 일시 지불하여 태양의 서커스가탄생했다. 이후 캐나다를 대표하는 문화상품이 되었고 지금은 하나의 기업이 되어 미국 라스베이거스와 플로리다 외 6개의 상설 공연장을 두고 전세계를 누비며 연 매출 1조 3천억의 수입을 올리고 있다. 창시자 '기 랄리베르테'는 길거리 광대에서 2015년 기준 보유재산 25억 달러의 갑부가 되었으며 타임지 선정 세계에서 가장 영향력 있는 100인에 이름을 올렸다.

"태양의 서커스의 '퀴담' 공연 배우는 25명뿐이에요. 그중 캐나다 사람은 한두 명, 전부 중국 사람 혹은 우즈베키스탄 사람이에요. 나머지는 엑스트라인데 스텝들이 분장해 오르지요. 우리 전문가들이 보면 알죠. 100회

공연을 100억 주고 사와요. 1회 공연 당 1억이지요. 1억. 그 돈 1/3만이라도 동춘에 투자하면 더 좋은 작품 만들 수 있어요."

　　의상, 조명, 음향, 무대시설, 분장 등의 차이일 뿐 동춘의 곡예사 실력은 그들과 견주어 봐도 떨어지지 않는다며 박세환 단장은 자부한다. 다만 태양의 서커스만큼 좋은 작품을 만들려면 제작비가 최소 10억은 있어야 하는데 그럴 자금이 전혀 없다며 깊은 한숨을 내쉰다. 동춘은 지금 상황에서 할 수 있는 최선을 다하고 있다. 6개월마다 한 번씩 새로운 프로그램을 만들고 전통음악과 K-pop 춤, 비보이 체조를 더한 안무를 창작해 우리 정서와 현대 감성에 맞도록 끊임없이 시도하고 있다. 동춘은 이제 사회적 기업이기에 명맥을 이어가야 하는 막중한 책임감을 느낀다고 말한다.

"뮤지컬, 연극, 쇼도 제작해봤지만 서커스만큼 좋은 프로그램이 없어요. 전 세계 무대예술 매출의 63프로를 서커스가 올리고 있어요. 중국은 나라의 지원으로 국립, 시립, 도립, 군립에 서커스가 600개 있어요. 동양에서 가장 일찍 시작한 우리나라만이 관광 산업화를 못하고 있어 안타까울 따름입니다."

김대중 대통령 때 서커스 활동 방안이 나온 적이 있다. 하지만 장관이 바뀌면서 유야무야되었고, 관광부에 이야기해도 연극과 무용, 국악과 달리 서커스 인원은 겨우 몇백 명이라 전달력이 별로 없다. 다행히도 2011년 안산시와 MOU를 맺어 동춘 서커스의 빠듯한 살림이 조금은 나아졌다. 관객도 안산시에서 식사를 하거나 숙박을 한 영수증을 제시하면 입장료 반액을 할인 받아 부담 없는 가격에 공연을 관람할 수 있다.

공연장 통로에는 그동안 동춘이 만들어낸 작품 포스터가 주르륵 붙어져 있다. 괜스레 흐뭇해지다가도 뭔가 비슷비슷해 보이는 포스터가 어딘가 머물러 있는 느낌이 든다. 공연 중간에 배우들이 돌아다니며 판매해서 천 원에 산 공연 코팅 포스터를 펼쳐 보았다. 후원금으로 사용된다기에 일단 구매했지만 받아본 순간 조금 당황했다. 이걸 어디다 써야 할지 고민이 되었던 것이다. 1000억 원대의 제작비가 들어간 태양의 서커스와 1억 원도 채 들어가지 않은 작품을 비교하는 것 자체가 어불성설일 수 있다. 하지만 태양의 서커스 역시 외면 받던 서커스 장르를 예술로 승화시키기 위해 고민의 시간을 거쳐 각 분야의 전문가들을 영입해 예술 장르로 탄

생시켰다. 동춘은 그 과정을 진지하게 살펴볼 필요가 있다. 그럼으로써 새로운 시대의 흐름을 읽으며 젊은 에너지를 끌어들인다면 꺼져가는 불씨를 다시 살릴 수 있지 않을까. 다행인 건 아직 불씨가 남아 있지 않은가.

"만일 동춘 서커스가 없어진다면 영화, 연극, 뮤지컬, 국악, 서커스, 무용. 여기서 서커스가 없어지는 거예요." 박세환 단장의 말이 가슴에 남는다.

2015년 9월 1일자 아주경제 신문에 따르면 박민권 전 문화체육관광부 제1차관은 한국에서도 태양의 서커스가 탄생할 수 있도록 적극적인 지원에 나서겠다며 '글로벌그린성장포럼'에서 그 뜻을 밝혔다. 없는 것을 새로 만드는 것도 중요하지만 있는 것을 지키고 발전시키는 것도 더욱 의미있고 중요하다. 이 소식이 동춘에게 불씨를 살릴 수 있는 희소식이 되길 바란다. 같은 가격이면 할리우드 영화를 본다고 했던 때도 있었다. 지금은 한국 영화가 외국 영화와도 당당히 경쟁하게 되었고 한국 영화의 천만 관객 소식도 심심치 않게 들려온다. 심지어 할리우드 배우들도 한국 관객의 눈치를 보며 내한 인사를 올 만큼 한국 영화의 힘은 몇 년 사이에 몇 배로 커졌다. 이러한 영화계의 변화처럼, 서커스 장르도 앞으로 눈부신 발전을 이루지 말라는 법은 없다. 숨을 몰아쉬며 힘겹게 역사를 이어가고 있지만 '희망이 있는 곳, 희망이 있는 때'라는 뜻을 가진 동춘답게 동춘 서커스도 대한민국의 자존심이 되는 장르가 되길 기다려 본다.

송림 수제화

Since 1936
을지로

:

마음으로
만들어지는 신발

진정으로 그대의 가슴속에서 나온 것이 아니라면 그것은 결코 사람들의
마음을 움직일 수 없다.
_괴테

고객용 의자에 파란색 가방이 놓여 있다. 지금 와서 생각해보니 아까
부터 쭉 있었다. 대표님도 사모님도 모르고 있다가 조금 전 신발을 찾아간
고객이 놓고 간 가방이라는 걸 알아차리곤 부랴부랴 가방 주인에게 전화
를 건다.

몇 분 전. 송림 수제화 매장을 찾아온 고객은 한 달 전에 맞춘 신발을 신어 보았다. 그간 평발이 심해 조금만 걸어도 발이 아파 편하게 오래 걷는 게 소원이라는 그. 몇 번이고 걸어 보더니 이렇게 편한 신발은 처음이라며 폴짝폴짝 뛰어본다. 너무나 좋아하는 그 모습에 대표님과 사모님 얼굴도 덩달아 웃음꽃이 피었다. 그는 여러 번 감사하다는 말을 하고는 가벼운 발걸음으로 나갔다. 너무나 기쁜 나머지 가방을 놓고 간 것도 모른 채.

그만의 이야기는 아니다. 신경종으로 고생하던 고객은 평생 30분 넘게 걷는 게 소원이었는데 2시간이나 걸을 수 있어서 감사하다며 눈물을 흘렸다. 사고로 다리 길이가 달라져 뒤뚱뒤뚱 걸어야 했던 고객은 높이가 다른 신발을 신고 새로운 인생을 살게 되었다고 감사해했다. 장애가 있어 불편을 표현 못해 피가 나는지도 모르고 신발을 신었던 아이에게 편한 신발을 만들어줘서 고맙다며 두 손을 꼭 잡아주시던 고객도 있었다. 올해로 80살을 맞은 송림의 기억에 어디 잊지 못할 고객들이 이들뿐이랴.

2대 임효성 씨는 송림을 이어갈 아들 3대 임명형 씨(52)에게 그동안 고객들에게 받은 100여 통의 감사 편지를 유산으로 남겼다. 빛바랜 종이에는 손으로 적은 감사의 마음이 고스란히 담겨 있었다. 편지에는 구체적으로 어떤 점이 보강되면 좋겠다는 말도 있다. 그 의견을 소중히 여기려는 마음이 빳빳하게 다려진 편지지에서 그대로 전해진다.

장인들의 작업 책상.

국내 최초란 수식어가 익숙한
송림의 역사

"우리 집 고객들이 재미있어요. 제가 별명들도 많이 지어줬어요. 집에 가보면 손님들이 주신 선물들이 이만큼 있어요."

임 대표가 행복한 표정으로 두 팔로 크게 원을 그리며 말한다. 매장 벽 한쪽에는 산악인 허영호 씨가 1994년 남극횡단, 1995년 북극횡단을 한 사진이 걸려 있다. 모두 송림에서 만든 특수 등산화를 신은 모습이다. 그는 고교 시절부터 지금까지 송림의 오랜 단골이다. 가장 높은 벽면에는 1949년 서울시 수제 박람회 때 받은 상장을 포함해 10개가 넘는 상장들과 감사장들이 일렬로 걸려 있다. 대한민국에 이런 곳이 있었다니. 새삼 뿌듯하다. 데스크 앞 유리장 안에는 송림의 역사를 담은 신발들이 진열돼 있다. 그중 가장 아래 칸에 있는 낡은 등산화 한 짝이 눈에 들어온다.

"그건 1대 할아버지가 일일이 쫓아다니면서 만든 거예요."

송림제화의 창업주 1대 이귀석 씨(1996년 작고하심)는 일본인이 운영하던 상동제화점에서 기술을 익혀 3년 만에 독립해 1936년 작은 수제양화 전문점을 열었다. 일반 신발을 만들다 등산화가 없던 1950년대, 영국 군화를 신고 등산하는 사람들이 신발수선을 맡겨 왔다. 그때부터 조카 임효성 씨와 함께 국내 최초 등산화창 몰드를 개발하게 됐다. 쇠 징을 박아 만든

밑창은 무겁고 잘 미끄러졌지만 고무로 바꿔 개발한 등산화는 그 단점들이 보완돼 반응이 좋았다. 1963년에는 그 몰드로 아예 국내 1호 등산화를 만들었다. 일반 등산화보다 두 배나 비쌌지만 사람들은 '계'를 만들어서라도 송림의 등산화를 살 정도로 폭발적인 인기였다.

2000년대 초반 등산 인구가 갑자기 늘어나 겸용 신발들이 나왔지만 사실 겸용이란 건 없다. 임 대표는 지역마다 산 지형이 달라 반드시 '산에 맞는 신발'을 신어야 한다고 조언한다. 하나의 신발로 여러 산을 다니면 그만큼 사고발생률이 높다. 그 역시 송림의

송림 수제화 진열장 맨 아래칸 가장 오래된 등산화.

등산화를 점검하기 위해 수시로 산을 타며 몸소 느꼈다. 송림은 수제 등산화 전문점으로 성장해오며 끊임없이 기술개발에 힘써 신사숙녀화부터 운동화, 사격화, 산악스키화, 고공화, 장애인화 등 신발의 장르를 넘나들고 있다. 국내 최초 '족형 콜크 신발', 6년간 100여 가지의 공정을 거쳐 만든 '방수 등산화' 등도 탄생시켰다. 그중 발바닥 모양을 한 '콜크 신발'과 '방수 등산화'는 임 대표가 기울인 오랜 노력의 결과다.

천 번의 공정을 거쳐 완성되는 세상에 단 하나뿐인 신발

종이에 고객의 발을 대고 그린 뒤 발 모양, 높이, 크기, 두께 등 특징들도 자세히 기록한다. 다음 풋 폼으로 족형을 뜨고 석고를 부어 발 모양을 뜬다. 주문서와 함께 4층 작업실로 올라간 석고형 발 모양은 장인들이 갈고, 깎고, 자르고, 두드리고, 꿰매며 대략 천 번의 공정을 거친다. 그 끝에 세상에 단 한 사람만을 위한 신발이 탄생한다. 하루에 만드는 수량은 10~15켤레. 욕심내지 않고 딱 소화할 수 있는 양만 만들어낸다.

고객들은 가봉을 위해 방문하고 주문 후 한 달(주문이 밀리면 석 달까지도)을 기다려야 하지만 개의치 않는다. 조금 더디더라도 좋은 신발을 만들려는 송림의 정성을 잘 알기 때문이다. AS는 신발을 못 신을 상태가 올 때까지, 기간 횟수 상관없이 해준다. 많게는 한 사람의 신발을 스무 번도 고

송림 수제화 신발틀.

쳐준 적이 있다. 보통 10년, 20년을 신으니 밑창을 갈은 신발 중에는 1대, 2대 대표님 세대 때 신발들도 있다. 이곳 손님은 모두 100년 손님이 되는 셈이다.

　비좁은 작업실 안. 환풍기 소리, 장인들의 통통통 망치 두들기는 소리, 싹둑싹둑 가위 소리가 묘한 하모니를 만든다. 길게 뻗은 양 벽면에는 손님들의 발 모형을 제작한 코르크를 덧댄 플라스틱 하얀색 족형틀이 있다. 사람마다 발 모양이 달라 한 쌍씩만 존재하는 족형틀은 오랜 시간 고객의 수만큼 잔뜩 쌓여 있다. 제작 공구들과 다양한 신발 재료들이 놓인 작업대 위에는 송림의 역사가 겹겹이 발라져 있다.

가죽이 무심히 덧대진 개인 의자에 앉아 작업하는 장인들. 바느질, 칼질, 망치질, 어느 하나 쉽지 않아 보인다. 어깨에 힘이 잔뜩 실린 채 신발을 꿰매고 있는 조천규 장인(64). 땀이 맺혀 자꾸만 내려가는 안경을 올리며 망치로 신발을 두들기는 장상범 장인(65). 세상에서 가장 좋은 신발, 편안한 신발을 만들고 있는 그들의 신발은 정작 낡고 헤져 있다. 몸을 많이 쓰는 작업이라 지칠 법도 한데 다들 표정이 밝다. 살뜰히 나의 믹스커피도 챙겨주고, 숙녀니까 아무데나 앉지 말라며 의자도 마련해주신다. 장인들은 총 7명. 대부분이 20~40년 경력을 자랑한다. 재봉을 담당하는 장현창 씨는 올해로 50살이지만 아직도 이곳의 막둥이로 불린다.

그림을 그리며 장시간 머무르자 공기 중 본드 냄새로 얼굴이 조금 붉어졌다. 나만 느끼고 있는 건지 장인들은 아무렇지 않게 일한다. 2대 임효성 씨는 본드 냄새를 하도 맡아 냄새를 거의 맡지 못했다는 말이 떠올랐다.

"처음엔 저도 힘들었지만 금방 익숙해져요." 2014년 7월부터 일을 시작한 임지훈 씨(29살)가 말한다. 방송을 통해 찾아온 그는 이 일을 배우고 싶어 하던 일을 다 정리하고 무작정 왔단다. 그보다 한 달 먼저 일을 시작한 봉원빈 씨(35살) 역시 여러 일을 거쳐 송림을 찾아왔다. 둘 다 아직은 서툰 손길이지만 신발을 대하는 표정만큼은 진지하다. 장인들은 이들을 '애기'라고 부른다. 그들 역시 이제 막 세상을 배우는 아이처럼 "선생님~ 선생님." 질문도 많다. "이렇게 하는 건가요? 이렇게 할까요?" 작업의 호흡을 끊는 젊은 친구들의 질문공세가 귀찮을 법도 한데, 하나라도 더 가르쳐

주려는 모습이 애틋하다.

  마침 라디오에서 요즘 핫한 아이돌 노래가 나온다. "이게 노래냐?" 선생님들이 묻는다. "네, 요즘 뜨는 노래예요." 하며 젊은 친구가 따라 부른다. 잠시 후 '희나리'가 나온다. "이런 게 노래지." 하며 장인들이 따라 부른다. 젊음과 연륜이 공존해 있는 작업실, 세대 교체가 자연스럽게 이뤄지고 있는 이들의 모습에서 송림의 미래가 보여 듬직하다.

울면서 와서
웃으며 나가는 손님들

80년도 중반 유럽에서는 이미 깔창을 썼지만 우리나라에는 없어서 한 업체에서 독일 깔창을 수입했다. 그런데 두께가 두꺼워 신발에 넣기가 어렵자 송림으로 의뢰가 온다. 깔창을 넣어 신발을 만들어 달라는 주문이었다. 송림에서 AS까지 맡아 신발을 만들어주었지만 판매자가 없어지면서 여러 문제점들이 생겨났다. 당시에는 골치 아팠지만, 임 대표는 우리나라에도 발의 불편함을 해결해줄 편안한 신발이 있어야겠다는 생각이 번쩍 들었다고 한다. 정형외과 과장님이던 지인을 찾아가 맞춤형 신발 개발에 대한 의견을 물으니 금상첨화라며 반겼다. 이후 몇 년간 정형외과 의사들을 찾아다니며 뼈에 대해 공부하고 임상실험을 거쳐 지금의 콜크 신발을 만들었다. 고객의 발에 딱 맞춘 신발은 자연스레 외반증이나 족저근막염, 평발, 요족과 같은 증상으로 고생하는 사람들의 불편을 해결해주었다.

"발을 치료해주지는 않지만 더 이상 나빠지지 않게 할 수 있죠."

20대 때 송림에 들어온 임 대표가 제일 먼저 한 일은 5년 동안 고객의 발 모양을 보는 것이었다. 지금은 고객의 발만 보고도 건강상태까지 알아볼 정도다. 그렇게 되기까지 20년, 하지만 아직도 처음 보는 발이 많다. 어려운 발을 만날수록 그만큼 기술이 늘고 다음에 비슷한 발을 가진 고객이 오면 금방 해결되므로 상부상조라며 오히려 그런 고객들이 감사하다.

"손님들한테 항상 얘기하는 게 '나를 귀찮게 하면 당신들은 편해진다.'예요."

일반 신발가게는 고객이 원하는 스타일과 사이즈를 말하면 신발을 찾아주는 걸로 구매과정이 끝난다. 하지만 이곳은 조금 다르다. 마치 의사에게 말하듯이 고객들은 그동안의 불편함과 증상들을 시시콜콜 쏟아낸다. 대부분은 임 대표가 먼저 알아본다. 그림까지 그려가며 간지러운 부분을 정확히 설명하면 고객들은 혼자만 앓던 답답함을 알아주어 신기해한다.

당신은 슈즈닥터인가요?

신발이 잘 맞지 않으면 하루 종일 피로를 느끼고 심하면 서 있는 것조차 고통이다. 특히 여자들이 그런 경험이 많은데, 맞지 않는 구두를 신어 구부정한 자세로 걸어가는 이들도 자주 본다. 얼마 전에 산 구두 한쪽이 맞지 않아 나 역시 피곤하고 힘든 하루를 보낸 적이 있다. 다음날 매장으로 가 왜 신발이 짝짝이냐 물었더니 내 발이 짝짝이란다. 공장에서 다똑같이 찍어 나오는데 사이즈가 틀릴 리가 없다는 거다. 그때 처음 알았다. 내 발이 짝짝이란 걸. 발이 아파 예민해진 탓인지 "공장에서 찍어내는데 왜 수제화냐!"고 한마디하고 돌아섰더랬다.

"발이 같은 사람이 없어요. 다 달라요."

발은 1mm 단위로 달라서 평균이 없는데 기성화는 정해진 치수에 자신의 발을 맞춘다. 특히 젊은이들이 그렇게 신다 보니 40~50대에 발이 망가져서 이곳을 찾는다. 임 대표는 평발, 아치형 평발, 요족이란 발에 대해 설명한다. 20대 때부터 봐온 다양한 발들 때문인지 설명에 막힘이 없다.

"사람들은 허리가 아파서 다리로 오는 줄 알아요. 다리가 안 좋아서 허리로 가는 거예요."

미국에는 '풋 닥터'라는 직종이 있다. 의사가 아닌 발을 잘 볼 줄 아는 사람을 말한다. 고객의 발에 대해 설명하고 그에 맞는 신발을 권하는 직업이다. 국내에서는 생소한 단어이고 오해의 여지가 있어 '슈즈닥터'라 불린다. 한번은 이런 일이 있었다. 임 대표가 고객의 걸음걸이와 발을 보고 불편한 이유를 설명했다. 신발을 신으면 반대 발이 틀어져 중족골도 무너졌다는 얘기도 해줬다. 고객은 어떻게 X-Ray로 보는 것보다 더 정확히 보냐고 물으며 임 대표에게 명함을 건넸다. 정형외과 의사였다. 임 대표는 그의 환자에게 좋은 신발의 형태를 설명하고 각도까지 그려가며 알맞은 신발회사를 소개해줬다. 임 대표가 하는 일이 바로 '슈즈닥터'가 하는 일이다.

송림 수제화 대표님.

국내에서 고객의 발을 이해하고 신발을 만들어주는 곳이 과연 얼마나 있을까? 마음 같아서는 전국의 신발을 만드는 사람들을 교육시켜 발에 맞는 편한 신을 만드는 데 앞장서고 싶다고 임 대표는 말한다. 하지만 1mm 차이만으로도 불편해지는 신발을 데이터화해 설명하기란 쉽지 않다. 그저 자주 발을 보며 노하우를 쌓아가는 방법밖에는 없다. 가까운 일본만 가더라도 이런 업체들은 정부의 지원이 들어간다. 아직 우리나라는 미래 문화유산으로만 지정할 뿐 그로 인한 혜택이나 지원은 없다. 오히려 100년 가게라는 이유로 세금을 더 많이 내는 실정이다. 그러니 신발 하나에 몇 천만 원이 드는 개발비를 감당하기 어려워 선뜻 더 좋은 신발을 위한 시도를 못한다. 2011년에 방송에서 '100년의 가게'란 프로그램을 방영한 적이 있다. '100년 가게 성공의 조건'이라는 회차에서 해외의 100년 가게들은 지속적인 발전을 위해 정부 지원을 받고 있다는 내용이 나와 부러움을 자아냈다.

신에 발을 맞추는 것이 아니고 발에 신을 맞추는 것이다. 늘 사람이 먼저가 되어야 한다는 신념으로 신발을 만드는 송림은 오늘도 더 좋은 신발을 만들기 위해 외로운 달리기를 하고 있다. 곧 100년을 바라보며 4대로 이을 준비를 하는 임 대표의 두 아들은 신발 끈을 첫 구멍에 정성스럽게 끼워 넣고 있다.

한밭 대장간

Since 1927
노량진 수산시장

:

한국을 넘어
세계 제일을 꿈꾸다

인생의 커다란 변화를 만들고 싶다면
당신에게 필요한 건 영감. 혹은 절망이다.

_토니 로빈스

좌악~ 수조에 물 채워지는 소리. 새벽에 갓 잡혀 올라온 싱싱한 생선들이 파닥거리는 소리. 상인들의 흥정 소리. 생선을 손질하는 칼질 소리가 바다 냄새 짙게 깔린 노량진 수산시장을 가득 채운다. 마치 진주펄이라도 바른 듯 반짝거리는 해산물들이 매대에 진열되어 있다. 그 옆을 지나칠 때마다 "싸게 줄게. 가져가요."란 상인들의 말에 발걸음이 느려지기도 하

지만 오늘의 목적지를 향해 시장 골목 안으로 더 깊이 들어갔다.

씨익씨익. 쇠가 갈리는 소리가 날카롭게 들려온다. 숫돌에 부딪히는 쇳소리가 마치 높은 음을 내는 악기 소리 같다. 수산시장 깊은 골목 왼쪽으로 꺾어지니 한쪽에는 시퍼렇게 날이 선 칼들이 가지런히 누워 있고 그 뒤 작업장에서 한 남자가 마스크를 쓴 채 칼을 갈고 있다. 쌀쌀한 날씨가 아님에도 칼이 있어 그런지 서늘한 기운이 돈다. 밀리터리 바지와 카우보이 모자를 쓴 건장한 아저씨가 등장하며 호통을 치자 쇠 갈리는 소리가 멈춘다.

"힘이 이쪽으로 먹고 저쪽으로 먹고 그러면 안 된단 말이야!"

전만배 대표가 제자에게
칼에 대해 알려주고 있다.

86년 전통을 자랑하는 '한밭 대장간'의 3대 대장장이 전만배 대표(60)다. 제자에게 호된 가르침이 한참 이어진다.

칼로 베인 상처보다 더 깊은 사람으로 베인 상처들

학창 시절 쓰던 커터 칼부터 시작해 한평생 죽을 때까지 쓰는 도구가 바로 칼이다. 인간과 가장 떼려야 뗄 수 없는 도구이고, 어느 누구라도 칼을 쓰지 않고 사는 사람은 없다. 다른 것은 시대가 변하면서 대체되거나 업그레이드되지만, 칼만큼은 변치 않는다. 이런 칼인데, 다들 흔히 그까짓 칼이라고 치부하기 일쑤다. 전 대표가 도제 시스템으로 제자를 양성해오다 지금은 자기 사업을 위해 배우려고 하는 사람만 가르치는 건 그 때문이다. 스스로 뜻이 있어 왔다가도 "겨우 이런 일을 하는 거냐?"는 지인들의 핀잔에 다들 1~2년을 버티지 못하고 그만뒀다. 그렇게 제자들이 떠나가자 전 대표 역시 많은 상처를 받았다.

"이제 나도 더 이상 상처받기 싫으니까 조건을 내걸지요. 정확하게 이 단계를 거치지 않으면 아무것도 없다. 월급도 없다. 대신 2년간 열심히 훈련을 시켜주마. 그렇게요."

그렇게 해서 남아 있는 사람은 중국인 두 명. 그중 한 명이 조금 전

호된 가르침을 받은 이다. 그리고 아버지의 뒤를 잇기 위해 8년 전부터 일을 배우는 아들이 있다.

한창 뛰어놀 나이인 14살 무렵 전 대표는 아버지한테 처음 칼을 만드는 걸 배웠다. 아버지에 대해 물으니 아픈 기억밖에 없다며 잠시 생각에 잠긴다. 6.25 육군 기갑부대 전차단기 1기생으로 전쟁에 참여하고, 육군 씨름왕이기도 했던 아버지는 무척 무서운 분이셨다. 그런 아버지였기에 반항이나 어리광 한 번 부리지 못한 채 하나를 하라면 둘, 셋, 넷까지 하는 착한 아들이 되었다. 자연스레 얹어지는 짐들이 힘겨웠고, 상처들을 받았다.

아버지는 지금에 만족하며 욕심 없이 살라고 가르치셨고, 사람들은 그깟 칼 만드는 일을 한다며 그의 사기를 위축시켰다. 실력이 쌓여갔지만, 전 대표는 사람들에게 지쳐갔고 자신감은 바닥을 쳤었다 한다. 기술을 전수받으러 온 사람들은 대부분 사기를 치러 온 사람들이었다. 상처는 더욱 깊어져 자살이라는 극단적인 선택을 할 만큼 벼랑에 몰린 적도 있었다. 더이상 살아야 할 이유를 찾지 못했다. 청산가리를 타놓고 유서를 써내려갔다. 마음에는 분노와 상처, 멍으로 가득 차 있었다. 4절지 한 장으로 시작된 유서는 금세 채워져 다 쓰고 보니 아홉 장이나 되었다. 그렇게 종이 위에 삶을 정리해보니 원망과 좌절로 요동치던 마음이 진정되는 듯했다.

"죽으려고 하니 죽을힘으로 마지막 도전을 해봐야 되겠더라고요. 하다 안 되면 아무 때고 간다 하는 마음으로요."

오기가 생겼다. 무언가 제대로 시도해보지도 않고 끝낼 수는 없었다. 그렇게 어제보다 나은 오늘을 보내기 위해 극복의 시간을 보냈다. 그 하루 하루가 쌓여 어느덧 10년이 흘렀다. 직업에 귀천이 없다고 하면서도 여전히 사람들은 직업으로 사람을 분류한다. 그런 사람들의 인식을 제일 먼저 바꾸고 싶었다. 스스로를 잘 대우해야 사람들의 인식도 바뀔 것이라 믿고, 그에 맞는 사람이 되도록 최선을 다해 칼을 만들었다. 오기는 더 크게 움직이는 에너지가 되었고 한 번의 내려놓음은 더 큰 꿈을 품게 했다. 약도 유서도 태워버렸다. 다시 오뚝이처럼 일어났다. 바로 6년 전의 일이다.

대장장이 48년, 죽을 각오로 움직이면 못 이룰 게 없다

예전에는 오로지 먹고 살기 위해, 가족만큼은 돈 때문에 천시받지 않게 하려고 칼을 만들어왔다. 그러나 지금은 아니라고 한다. 고객이 진정으로 원하는 걸 만들어주고 싶다. 그거 하나만 지키니 돈은 자연스럽게 따라왔다. 전 대표는 대장장이에 대한 업신여김에도 묵묵히 자신의 고집을 지켜나갔다. 어느 순간 대한민국 최고 소리도 듣게 되었지만 그때도 자부심이 크진 않았다. 그런데 한국을 넘어 프랑스, 미국, 러시아, 중국, 호주 등 세계 각국에서 그를 찾아오기 시작했다. 그들은 말이 통하지 않으니 통역사를 붙여, 혹은 통역기를 꺼내가며 전 대표와 대화를 했다.

"먼 외국에서 나를 만나러 왔다고 하니 그때는 고맙고 자부심을 느꼈습니다."

한번은 세계 3대 요리 평가단 중 한 명이 찾아와 연봉 17억, 계약금 17억에 의식주를 해결해줄 테니 자신과 함께 가자고 제안한 적도 있었다. 그 제안을 물리쳤을 때, 화를 낼 거라 생각했지만 도리어 자신들의 생각이 짧았다며 정중히 사과를 하고 돌아갔다. 누가 봐도 파격적인 제안인데 전 대표는 왜 거절을 했을까? 그는 더 큰 꿈을 꾸고 있기 때문이라고 대답했다. 한국을 넘어 '세계 제일'이라는 꿈을 꾸고 이미 조금씩 실현시켜나가고 있었다.

"내가 가진 걸 십분 활용해서 시장을 더 크게 만들어 나갈 수 있다고 생각했어요. 상대방한테 무엇을 주느냐에 따라 상대방 역시 나에게 주

는 가치가 달라지더라고요. 굳이 경영학 공부를 하지 않아도 몸으로 체험하며 깨달은 겁니다. 정확히 어떻게 접근하고 어떤 방법을 통해 만들어갈 것인지 확신을 가지고 도전하면 세계에 접근하는 것도 가능하겠다는 것이 대장장이 48년 하면서 깨우친 것입니다."

전 대표는 중국과 호주에 진출하기 위해 광동, 광저우, 싱가폴, 마카오, 광둥성 등을 시장 조사하고 있다. 한밭은 곧 법인화에 들어가고 2년 준비기간을 목표로 세계로 뛰어들 것이다. 지금의 한밭은 그를 대신해 아들과 제자들이 지켜갈 것이다.

칼 갈기,
가장 까다롭고 어려운 최고 난이도 작업

새벽 3시 30분. 대부분의 사람들이 깊은 잠에 빠졌을 시각에 한밭의 셔터 문이 올라간다. 이른 시간임에도 칼을 갈기 위해 전국에서 온 사람들이 가게 앞을 서성인다. 그때부터 윙 하며 돌기 시작한 숫돌은 오후 4시까지 바삐 돌아간다. 전 대표가 20년 전에 직접 개발한 기계다. 그 위에서 하루에 수십 종류의 칼날이 갈리며, 그 수만 해도 수백 개다.

한밭의 이름이 알려지면서 한 TV 프로그램에 소개된 적이 있다. 지금의 한밭이 되기까지 엄청난 인고의 시간을 버텨왔지만 방송에 나온 모

습만 보고 돈을 쉽게 벌겠다는 생각으로 찾아오는 사람들이 생겼다. 얼마 전에는 일을 배워보겠다며 외국에서 찾아온 사람이 50일 정도 훈련받다 퇴출당했다. 아래부터 차근차근 배워갈 생각 없이, 기계만 있으면 되는 줄 알고 정보만 빼내려다 걸린 것이다. 그런 사람만 백여 명이 넘었다.

"그 사람이 찍은 사진들을 다 삭제하고 나서, 참 안타까웠습니다. 기계를 자유자재로 쓰려면 최소한 2년 이상 훈련해야 해요. 그 많은 사람들 중 딱 한 명 남은 사람이 저 현기라는 중국인 친구입니다. 그만큼 배우기가 힘든 일이기도 하고요."

현기 씨는 스승이 간 칼을 조심스럽게 받아 칼끝을 모아 부채꼴 모양으로 포개어 놓는다. 행동 하나하나가 조심스럽다. 틈나는 대로 무언가를 적기도 한다. 칼 들고 다닐 때는 뛰지 마라. 고개를 돌려 사람을 확인한 후 손을 움직여야 한다. 떨어지는 칼을 받지 마라. 칼을 놓을 때는 날끼리 부딪히지 않게 놓아야 한다. 현기 씨를 향한 가르침은 인터뷰 중에도 줄줄이 이어졌다. 이토록 가르침이 이어지는 까닭은 칼이라는 도구의 위험성 때문이다. 손에 들린 칼은 의도와 다르게 흉기가 될 수 있다. 칼이 들려 있음에도 의식하지 못하고 사람들이 다가오기도 하고, 순간의 실수로 큰 상처가 생기는 아찔한 일이 자주 일어난다. 때문에 작업장에서는 항상 긴장을 늦추어서는 안 된다. 전 대표의 손에 생긴 상처들은 모두 제자들의 실수로 생겼다고 한다. 한번은 글라인더 작업을 하다 실수를 저지른 제자를 구하다 동맥이 잘려나가기도 했다.

"말이 험하게 나갈 수밖에 없어요. 제일 많이 하는 말이 '강아지도 앉아 일어서. 일주일이면 해. 너는 왜 똑같은 말을 수백 번 해도 못해?'지요. 더한 말도 해요. 자존심을 있는 대로 긁고. 그런데 그 정도도 이겨내지 못하면 이 일은 정말 때려치워야 해요."

시뻘겋게 달궈진 쇠를 두들겨 불순물을 빼는 '한마' 작업처럼, 대장장이가 되어가는 과정 역시 그러하다. 보통 일본, 대만, 영국, 프랑스, 독일, 미국에서 연마사로 인정받으려면 짧게는 7~8년 길게는 10년 이상이 걸린다. 한 명의 연마사에게 1~2명의 스텝을 할당할 만큼 칼을 만드는 데 중추 역할을 맡는다. 이 과정을 노력과 수고 없이 얻는다면 그 사람의 손에서 결코 좋은 칼이 완성되지 못한다.

"칼 간다는 것은 말 그대로 최고 난이도의 작업입니다. 가장 쉬운 것 같으면서도 가장 까다롭고 어렵지요."

학원 선생님의 소개로 중식과 양식 칼을 갈기 위해 요리 학원 학생들이 찾아왔다. 전 대표는 고무 소재의 작업용 빨간 앞치마를 두르고 쇳가루 흡입 방지를 위해 마스크를 끼고 앉는다. 작업 스위치를 켜자 숫돌이 우웅하며 돌아간다. 두꺼운 고무장갑 위에 면장갑까지 덧낀 손으로 칼을 잡아 위아래로 부드럽게 움직인다. 악기를 연주하듯 부드럽다. 중간 중간에 칼날을 확인하는 눈빛은 소리가 날만큼 날카롭고 예리하다. 칼 가는 걸 처음 본다는 두 젊은 친구들은 대표님의 모습을 신기하게 쳐다본다.

영업시간이 끝나면 전 대표는 대전 공장으로 향한다. 그곳에서 칼을 만든다. 흔히 사용되는 칼은 하루에 1천 자루 생산되고, 가격이 올라갈수록 만들어지는 시간은 더 길어져 몇 개월이 걸리는 칼도 있다. 그곳에서 다른 분야의 전문기능인과 힘을 합쳐 세계적인 명품 칼을 만들고자 노력한다. 지금 우리나라에서 통용되는 칼의 90% 이상이 수입품이다. 수천억 원어치의 칼이 수입되지만 누구 하나 신경 쓰는 사람은 없다. 전 대표는 누구도 생각하지 못한 좋은 칼을 만들어 세계 시장에 뛰어들면 외화를 절약하고, 일자리도 창출될 수 있다며 무한한 가능성을 가진 분야라 말한다.

꿈이 있는 사람은 늙지 않는다고 했다. 그의 나이보다 훨씬 젊고 건강해 보이는 이유가 거기에 있는 것 같다. 그는 해외 진출을 위해 외국 문화에 밀접한 사람들과 연결되고자 꾸준히 홍보해왔다. 3~4년의 기다림 끝에 중국 선전에서 사람이 찾아왔고 자신의 제갈공명이라는 그분과 함께 중국 선전, 홍콩, 싱가포르 등을 시작으로 전 세계로 뻗어나가기 위해 준비하고 있다.

"아무도 가지 않는 길을 나 혼자 걸어가고 개척하는 짜릿함이 있어요. 어느 정도 만들어 놓으면 내 아들이 이어서 아빠의 꿈을 이뤄주지 않을까 하는 마음도 있고요. 그 정도면 충분히 매력 있는 일 아니에요?"

칼의 역사를 찾아서

전 대표는 3년간의 노력 끝에 2004년 정식으로 '대장장이 기능학위' 제도를 만들어냈다. 지금도 칼을 만드는 것에만 그치지 않고 대한민국의 칼에 대한 기록을 찾고 칼의 역사 정립과 문화재적 가치를 찾는다. 물론 만만치 않은 일이다. 예전에는 흔하고 흔했던 대장간이다. 그 가치를 몰랐던 탓인지 지금까지 남아 있는 무기류를 제외하고는 대장간과 우리가 흔히 쓰는 칼에 관한 기록을 찾기가 힘들다. 민속박물관 기록관에서 칼에 대한 자료를 찾았더니 딱 하나 나왔다. 바로 고종 시절 수락에서 쓴 칼 다섯 자루인데 그 역시 외국산 스테인리스 칼이었다. 혼자서는 역부족임을 느껴 역사학, 고문사학 박사와 학생들을 고용해 조선왕조실록부터 고서, 야사까지 자료를 찾고 있다. 지금은 장서각(藏書閣, 고문서 문화원)을 통해 칼 역사, 고사, 야사 조사가 다 끝난 상태다. 자료 조사가 끝나면 옛 문헌을 참고해서 재현 작업을 하여 칼에 대해 뭔가를 만들어볼 참이라고 한다. 그에게 현재 칼 만드는 기술이 가장 좋은 나라가 어디냐고 물었다.

"가장 좋은 기술을 가진 나라가 아니라 가장 좋은 재료를 가진 나라, 그 표현이 맞아요. 지금은 재료가 다 고갈됐어요. 세계의 검을 꼽자면 일본의 '닛폰도'를 제일로 치는데 그보다 앞선 검이 있어요. 청나라, 명나라 시절에 아랍권의 검, 활처럼 휘어 있는 그 검을 만든 재료가 닛폰도의 재료입니다. 전 세계 최고로 치지요. 그 재료가 나오는 곳은 바로 '다마스쿠스시(Damascus, 시리아 수도)'입니다. 거기서 나오는 사철로 만드는 겁니다."

칼에 대한 지식을 거침없이 쏟아내고 칼을 만들어낼 때 가장 진중해지는 전 대표. 그런 그를 누가 감히 칼이나 만드는 일개 기능인이라 치부할 수 있을까? 해외 명품관에 진열된 번쩍거리는 칼자루에 '한밭 Made in korea'가 새겨져 있고, 그 칼을 들고 외국인들이 엄지를 치켜세우는 기분 좋은 상상을 해본다. 그날이 멀지 않은 미래가 되기를 바란다.

태극당

Since 1946
장충동

⋮

변화는 있어도
변함이 없기를

갈색빛이 도는 대리석 바닥에 고급스  러운 테이블과 의자들이 놓여 있다. 천 정에는 큐빅들이 반짝이는 커다란 샹 들리에가 달려 있다. 입구 오른쪽엔 큰 어항이 있고, 그 안에는 번영과 행복의 의미를 지닌 금붕어들이 헤엄치고 있다. 마치 호텔 로비를 연상시키는 공간이다. 그런데 여기에 빵 진열장이 있다. 그 안에는 '야채 사라다빵', '갈색빵', '몽실자양빵', '오란다빵' 등 이름부터 추억 돋는 빵들이 빈티지스러운 봉투를 뒤집어쓰고 앉아 있다. 100가지가 넘는 빵 중 몇 개만 골라내기도 쉽지 않다. 그럴 때는 일단 '카운타'로 가 '모나카 아이스크림'부터

주문한다. 이곳의 스테디셀러이면서 가장 인기 있는 제품이라 금방 품절되기 때문이다. 겉은 바삭, 속은 적당히 달달한 우유 아이스크림으로 꽉 채워진 모나카 아이스크림은 먹을 때마다 감동이다. 주문한 카스테라와 노랑 몽블랑을 들고 테이블로 간다. 혼자 쓰기에 조금 큰 테이블은 20년 된 것으로 한때 태극당에서 운영하던 웨딩홀에서 가져온 것들이다. 드로잉 도구들을 맘껏 펼쳐놓고 그릴 수 있어 만족스럽다. 곳곳에서 나이 지긋한 할아버지, 할머니들이 털어놓는 태극당의 시간들이 들려온다.

"여기 너희 엄마가 요만했을 때부터 할미가 데려와서…."
"저 어항은 내가 처음에 왔을 때부터 있던 건데 아직도 있네."
"이 빵이 아직도 나오네. 처음 먹었을 때가 몇십 년 전이었는데."

1946년부터 시작되어 올해로 70주년을 맞이한 태극당은 서울에서 가장 오래된 빵집 타이틀을 달고 있다.
총 직원 40여 명, 하루 손님은 천명 정도, 주말에는 3천여 명까지도 온다. 그중에는 10년이 우스운, 가족 같은 단골손님들도 많다. 한결같은 빵 맛은 물론, 개업 이후 지금껏 변함없는 모습으로 오랜 사랑을 받고 있다.

3대의 태극당,
바꿀 것인가 지킬 것인가의 갈림길에서

1대 창업주인 신창근 씨(2013년 93세의 나이로 작고)는 중구 명동에 처음 제과점을 열었다. 일본인 제과점에서 일하던 그는 해방 이후 일본인이 두고 간 장비를 받아 빵을 구웠다. 가게 이름에서 짐작할 수 있듯이 그에게 나라의 독립은 무척이나 기쁜 일이었다. 무궁화는 자연히 태극당의 상징이 되었다. 배고픈 국민이 없기를 바랐고, 부담 없는 가격으로 대한민국을 대표하는 빵을 만들기로 마음먹었다. 나라가 강해지길 바라는 마음이 컸기에 나라를 잃은 설움을 겪는 사람들을 보며 세금의 중요성을 느꼈던 그는 일본에서 영수증 기계까지 들여와 영수증을 발행해주기도 했다. 그 덕에 1976년에는 1기분 서울시 재산세 최고 납세의무자에 이름을 올렸다. 1953년 지금의 장충동 자리로 태극당이 이전하며 맏아들인 2대 신광열 씨가 물려받았고 지금은 그의 아들딸들에게 3년 전 가게를 일임한 상태다.

3대 신경철(전무이사), 신혜명(실장) 씨는 어려서부터 주말이면 항상 이곳에서 놀았다. 태극당 이곳저곳을 놀이터 삼아 돌아다니면 일하던 아주머니, 아저씨들이 귀엽다 안아주시고 볼을 꼬집어주셨다. 어느덧 그들이 성장해 '삼촌, 이모' 하며 따르던 분들과 함께 일하게 되니, 회사가 아닌 가족을 지킨다는 책임감이 든단다. 두 사람에게 익숙한 태극당이지만 오너가 되고 보니 수많은 고민들로 머리가 복잡하고 긴장의 연속인 장소가 되었다. 한번은 한 손님이 빵봉지를 보고 불량식품 같다고 말하고 간 적이 있

다. 태극당이 젊은 세대로 넘어온 만큼, 앞으로 어떻게 이끌어야 할지 고민이 많던 때라 속상함보다 혼란이 더 컸다. 하지만 이내 두 사람은 서로 잡아주며 태극당의 본질은 그대로 두고, 젊게 풀어가는 방향으로 잡았다.

미술을 전공한 신혜명 실장은 시각적인 부분들을 맡아 정리했다. 인쇄소에서 대충 만들어 빵봉지마다 달랐던 태극당 로고와 BI(Brand Identity)를 정립하고 '태극당 1945체'를 개발해 디자인을 정돈했다. 말하지 않으면 크게 티 나지 않은 일들이라 이게 과연 효율적인가 생각도 들었다. 하지만 '변하지 않는 태극당'을 좋아하는 사람들의 기대를 저버리지 않고 개선하기 위한 최선의 선택이었다. 리모델링 공사도 들어갔다. 할아버지 대의 예

전 모습을 찾아가는 방향으로 하고 있지만, 세련된 느낌도 주고자 결정한 것이다. 쉽지 않은 결정이었다. 여기까지 오는데도 '고수하자 바꾸자'를 가지고 하루에도 수십 번 고민했다. 자신들만의 태극당이 아니라는 생각 때문이다.

눈에 보이는 변화보다 먼저 내실을 다지기 위해 건물 지하에 있던 공장 시설을 2, 3, 4층으로 올렸다. 더 좋은 환경에서 빵을 만들기 위함이다.

태극당 예전의 내부 모습.

일은 분업화했고 모든 시설도 해썹(HACCP 식품안전관리인증기준) 기준에 맞춰 정비했다. 여전히 변함은 없지만 그 안에 수많은 변화가 일어나고 있는 태극당. 누가 보면 미련하다 할 정도로 효율적이지 않은 일에 큰돈을 들이고 있지만, 분명 이 변화들이 태극당을 더욱 단단하게 만들어줄 것이다. 얼마 전에는 웹사이트도 새로이 만들었다. 오픈하기까지 1년이 흘렀지만 베일에 싸인 태극당의 이야기들을 사람들과 마음껏 나눌 수 있는 장이 생긴 것이다. 태극당의 명성에 비해 많이 알려지지 않았던 이유는 언론 노출을 싫어하신 아버지 영향도 있었다. 인터뷰도 하지 않고 심지어 사진도 못 찍게 할 정도였다. 그저 묵묵히 좋은 빵을 만드는 일에만 집중했다. 지금에서야 태극당이 방송에 나오고 신문에 나올 수 있는 건 젊은 대표들로 세대교체가 이뤄졌기 때문이다.

태극당의 스타
'모나카 아이스크림'

　　일본 카레 바처럼 생긴 모나카 아이스크림은 유명한 제과점에서도 레시피를 탐낼 정도로 전국적으로 정평이 나 있다. 바삭한 전병 과자 속에 부드러운 우유 아이스크림이 들어 있어 한입 베어 물면 입 안에서 부드럽게 녹아내리는 모나카 아이스크림. 전병은 46년 경력의 장인이 아

직도 불 앞에서 하나하나 구워내고 있다. 우유 아이스크림 역시 50년 경력의 장인이 만들어 일일이 아이스크림을 채운 것이다. 레시피는 간단하지만 아무도 흉내 낼 수 없는 이유가 바로 여기에 있다. 다행히 항상 품절되던 이 아이스크림은 생산량을 두 배 가까이 늘리게 되었다. 이제는 더 이상 앞사람이 다 사버릴까 뒤에서 발을 동동거리며 기다리지 않아도, 아이스크림을 사려고 서둘러 오지 않아도 된다. 참으로 반가운 소식이다. 이렇게 되기까지는 젊은 대표들의 눈물겨운 노력이 숨어 있다.

신 전무는 생산량을 늘리기 위해 기계를 찾아 반년 넘게 전국을 돌아다녔다 한다. 몇 번의 시행착오와 수정을 거쳐 기계를 설치해 전병을 구워냈지만 일일이 구워냈던 손맛을 기계가 완벽하게 재현하지는 못했다. 두께에 미묘한 차이가 있었지만 손님들의 반응을 살피기 위해 일단 손으로 구운 것과 함께 매장에 내놓아 보았다. 역시 단골들은 바로 알아봤다. 씹히는 질감이 다르고 기억하는 맛이 아니었던 것이다. 30년 넘게 먹어온 손님들이기에 그 차이를 정확히 집어냈다. 결국 65년간 항상 같았던 아이스크림 맛이 자신들로 인해 바뀌면 손님들에 대한 배신이라는 생각에 8천만 원에 들인 기계를 과감히 버렸다. 그리고 다시 옛 방식으로 돌아갔다. 대신 좀 더 수월하도록 예전의 기계를 고쳐 늘리고 그에 따른 인력도 늘렸다. 손님들이 옛 맛을 그대로 느낄 수 있도록 좀 더 수고하는 방법을 택한 것이다. 지금도 공장에서는 여전히 주전자에 담긴 반죽을 일일이 부어가며 전병을 구워낸다. 덩달아 아이스크림 기계도 늘렸다. 이것 역시 그동안 쓰던 40년 된 기계가 더 이상 나오지 않자 아이스크림 반죽을 싣고 다니

면서 직접 기계에 부어가며 검증해보고 마련한 것이다. 그 과정이 꼬박 일년이 걸렸다. 이렇게 큰 규모의 제과점에서 이런 생산방법을 고집하다니, 새삼 태극당의 맛이 특별하게 느껴진다.

보이지 않는 것에 최선을 다해야 한다

태극당에서 사과 쑤는 날은 마치 김장 날만큼의 의미가 있다. 사과가 들어오는 날에는 모두 퇴근도 하지 않고 기다려 사과박스를 옮기고 다음 날부터 사과를 씻고 썰어낸다. 그 작업만 3일이 걸린다. 이후 사과를 끓이고 나면 40년 경력 공장장님이 잼맛을 보고 "됐어!"라고 말해야 잼이 완성된다. 신 전무는 사과잼에 얽힌 추억 하나를 들려주었다.

아버지 신광열 대표가 어느 날 카운터에서 일하는 아들에게 운전면허증을 챙겨 나오라고 했다. 1종 면허는 있지만 트럭을 몰지 않은 지 오래되어 잔뜩 긴장하며 운전했다고 한다. 그날이 아버지를 따라 처음으로 사과를 사러 간 날이었다. 간단하게 전화로 배달시키면 될 일을 수고스럽게 사러 가다니 신세대와 구세대 차이인가 싶었다. 더 이해가 가지 않았던 건 사과농장에 도착한 아버지가 사과 하나하나를 살펴보며 흠집 없는 특등급 사과만 싣는 모습이었다. 어차피 잼을 쑤는 건데 그럴 필요가 있을까 싶었다. 신 전무가 아버지에게 "이거 너무 아깝지 않아요?"라고 묻자 아버지의

대답이 아직도 생생하게 기억이 난다.

"이 조그마한 게 많은 차이를 낸다. 그래서 더욱 정직하게 해야 하는 거야."

아버지는 은행에서 찾은 일련번호를 맞춘 5만 원짜리 지폐를 신문지에 싸고 그 위에 보자기를 덮어 '고맙습니다.'라는 손 편지와 함께 농장 주인에게 전해주었다. 남매가 태극당원이라 부를 만큼 고집 있고 보수적이셨던 아버지. 그때는 이해를 못했지만 태극당이 변함없이 사랑받는 이유가 거기에 있다는 걸 지금은 알 수 있다. 신 전무 역시 아버지의 가르침을 따라 거래처 농장의 사과 상태가 좋지 않으면 충주 농장을 여러 군데 다니며 좋은 사과만 골라온다.

오란다빵 역시 아버지의 신념으로 버텨낸 제품이다. 일 년에 몇 번, 오란다빵을 모조리 사가는 손님이 있다. 언제 올지 모르는 손님이지만 그분을 위해 아버지는 하루에 한 개도 나가지 않는 오란다빵을 굳이 만들어 놓았다. 시간이 지나 빵을 폐기하더라도 먼 걸음을 한 손님이 헛수고를 하지 않았으면 해서다. 신혜명 실장이 아버지의 모습을 떠올리며 말한다.

"언제 올지 모르는 손님을 기억하고 생각하는 거잖아요. 저는 그런 게 되게 멋있는 거 같아요."

　　아버지를 따라 신 전무는 페스트리 롤빵을 부활시켰다. 브라질로 이
민을 갔던 손님이 찾아와 몇십 년 전 명동점에서 자주 사먹었다며 찾기에
신 실장이 손님에게 레시피 정보를 얻어 그림까지 그려가며 빵을 만들어
냈다. 그때와 비슷한 맛이라며 옛 추억에 잠긴 듯 행복해하던 손님을 보고
아버지의 마음이 더욱 이해되었다고 한다.

버틸 수 있는 힘을 주는 가족과 골수 단골들
그리고 태극당의 미래

항상 빨간 바지를 입으셨던 할아버지는 다 헤지고 나서야 새 바지를 꺼내 입으셨다. 유별나다는 소리를 들을 만큼 검소하셨고 새벽 4시 반에 일어나 잠들 때까지 한 번도 자리에 누운 적이 없을 만큼 부지런하셨다. 앉아 계실 때에도 항상 팔이라도 움직이며 운동하셨기에 두 번이나 찾아온 풍도 이겨내셨다. 그 정도로 자신에게 독했던 분이다. 신 전무와 신 실장은 디자인이 많고 두꺼운 빵 봉투에서, 오르는 재료비와 상관없이 같은 가격으로 두툼하게 빵의 속살을 채우는 레시피에서, 태극당 벽면을 크게 장식한 농장과 거북선 모양의 부조 장식 등에서, 할아버지의 마음을 본다. 이곳에 대한 할아버지의 애정이 짐작되고, 그것을 지키려 했던 아버지의 마음이 느껴져 힘도 되고 마음도 다잡게 된단다.

얼마 전에는 미국에서 7년간 공부한 둘째 손녀 신혜종 씨(대리)도 함께 팔을 걷어붙였다. 그들은 서로 흔들릴 때마다 잡아주고, 고집 피울 때는 조금 흔들어주며 가장 좋은 조력자가 되고 있다. 이들에게 큰 힘이 되는 사람들은 또 있다. 바로 이곳의 골수 단골들이다. 한번은 사과잼이 너무 일찍 떨어져 급하게 사과를 들여 잼을 만드는데 그 사이 대량 주문이 들어왔다. 어쩔 수 없이 모자란 잼을 대신해 며칠 좋은 사과잼을 사서 썼다. 그러자 태극당의 잼맛이 조금 달라진 것 같다며 모두 애정 어린 걱정을 해주셨다. 이렇게 충실한 고객들이 있어 사소한 것 하나도 심사숙고하

고 한순간도 게으를 수 없다고 한다.

신 전무는 며칠 전 지역 빵집들이 백화점에 들어가 월 매출이 억대를
기록했다는 기사를 봤다. 대기업과 손을 잡으면 많은 돈을 벌 수 있다는
걸 그도 안다. 실제로 태극당을 탐내는 기업들도 많아 지금껏 굵직한 기업
에서 손을 내민 적도 많았다. 하지만 할아버지가 일구고 아버지가 지켜온
것을 돈벌이 수단으로 이용하고 싶지 않아 거절했다. 하루에도 몇 번씩 선
택에 대해 다시 고민하지만 할아버지와 아버지가 그래왔던 것처럼 자신들

도 시행착오를 겪으면서 쭉 이어나가는 게 맞다는 생각이 들었다. 신혜명 실장은 말한다.

"사람들은 그런 얘기를 해요. 금수저를 물어서 좋겠다고. 금수저를 물었다면 문 게 맞겠지만 이렇게 무거운 금수저가 어디 있어요. 쉽지 않아요. 절대."

3대로 넘어오면서도 태극당이 그대로인 것 같지만 그 안에서는 굉장히 많은 변화와 움직임이 일어나고 있었다. 수많은 빵집들이 있는데도 굳이 장충동까지 와서 빵을 몇십 개씩 사가는 손님들. 여기까지 기대하고 오는 데는 여전하다는 이유 때문일 것이다.

인터뷰 후 몇 달이 지나 리뉴얼 공사가 끝났다는 소식을 듣고 다시 이곳을 찾았다. 새로운 공간이 생겨나 넓어졌고 교체된 빵 진열장과 테이블로 동선이 더욱 편해졌다. 태극당의 과거와 현재 그리고 미래가 한 공간에 담겨 있는 듯했다.

"70년 동안 같은 빵만 나오면 그건 빵집으로서의 역할을 충실히 하지 못한다고 생각해요. 멈춰 있는 가게라고 듣는 건 정말 싫어요. 이제 젊은 세대로 넘어왔으니까 에너지가 있잖아요. 기대에 부응하기 위해서 여전하지만 멈춰 있지는 않다는 걸 보여드리고 싶어요."

태극당 리뉴얼 후의 모습.

구하산방

Since 1913
인사동

:

청청 산중 아주 깊은 산에 있는
'신선들의 집'

　　입구 쪽 창가에는 크고 작은 벼루와 도자기들이 진열되어 있고 양쪽 벽면에는 다양한 붓과 고운 빛깔의 안료들이 색깔별로 정리되어 있다. 장인들의 손을 거친 재료들이 품은 포스 때문인지 흔한 화방과는 다른 고풍스러운 분위기가 난다. 그 가운데 정면에 고순어용(高純御用)이라 쓰인 편액이 있다. 원로 서예가 정향 조병호(靜香 趙炳鎬) 선생님이 써준 것으로, 고종과 순종도 이곳에서 문방사우를 구입했다는 일화를 담고 있다. 정향이 구하산방과 인연을 맺은 지 60년이 된 해를 기념해 선물한 것이다. 천 가지가 넘는 붓, 벼루, 물감, 화선지 같은 서화재료가 눈앞에 있으니 그림을 그리는 내게 노다지 같은 곳이 아닐 수 없다. 물 만난 고기처럼 가게를

구경하고 있을 무렵 막 출근하신 구하산방 대표님이 인사를 건넨다.

"어서 와요. 커피 한 잔 줄까?"

구하산방(九霞山房)의 3대 주인 홍수희 대표님(66)이다. 1대 우당 홍기대 선생님(又堂 洪起大, 93)과는 조카 사이다. 동그란 검정 뿔테안경을 쓰고 옅은 갈색 중절모와 검정 가죽점퍼, 회색 시폰 목도리를 두르셨다. 배우 같다 말씀드리니 사람들은 독립군 같다고 한다며 웃으신다. 그가 건네준 달달한 믹스 커피를 홀짝홀짝 마셔가며 이야기를 나눴다. 말씀이 빠르지 않고 조용조용 점잖으시다. 중간 중간 유머도 있어 이야기가 즐겁다. 과연 신선들의 집을 지키고 있는 지기다웠다.

창업주, 우당 홍기대 선생님의 사진을 꺼내 보여주신다. "지금도 살아계셔. 살아 있는 전설이야. 삼성 박물관(리움)에 있는 것들을 다 이 양반이 납품했어." 리움뿐 아니라 한국 주요 미술관과 박물관에 소장된 문화재급 도자기와 미술품들은 우당의 손을 거쳐 세상 빛을 보게 된 것들이 많다.

한국 최초의 필방, 구하산방이 시작되다

한국 골동상의 역사라 불리는 우당 선생과 구하산방의 인연은 14살

때부터 시작된다. 아버지가 독립운동으로 만주로 망명하는 바람에 졸지에
가장이 된 그는 할아버지와 어머니, 동생을 먹여 살리기 위해 중학교 진학
도 포기한 채 생활전선에 뛰어들었다. 다행히 일본인 교장의 소개로 가키
타 노리오 씨(柿田憲男)가 운영하는 경성의 지필묵 가게 '구하산방'에 취직
할 수 있었다. 부산에 '구하당'이라는 본점을 두고 장사가 잘되어 경성에

분점을 낸 가게였다. 집안 사정으로 어쩔 수 없이 선택한 일은 그의 평생을 좌우하는 일대의 사건이 된다.

우당은 가게에서 먹고 자면서 돈을 벌었다. 가게에서 일본인을 상대로 도자기를 거래해 우당은 가키타의 골동품 구매 심부름으로 경매장을 돌아다녔다. 그러면서 고미술품에 대한 지식을 자연스럽게 쌓을 수 있었다. 가게에 도자기 거래상인 마에다 사이키로가 와서 물건 설명을 해준 것도 훗날 그가 조선백자를 수집하는 데 큰 도움이 되었다. 광복을 맞아 가키타는 우당에게 가게를 물려주고 일본으로 돌아갔고 그는 구하산방의 새 주인이 된다.

구하산방은 1913년 장화 없이는 못 다니는 남산 밑의 진고개부터 시작했다. 지금의 인사동 자리는 한국전쟁과 사회 혼란 속에 명동과 시청, 안국동을 오가다 정착한 곳이다. 고급 서화도구만 취급했기에 이곳을 스쳐간 당대 문인이나 화가들도 많았다. 조선의 마지막 어진 화가로 알려진 이당 김은호(以堂 金殷鎬), 한국화의 거장 청전 이상범(青田 李象範)이 대표적인 인물이다. 가난한 화백들에게는 무료로 재료를 주거나 기꺼이 외상을 주기도 했다. 홍 대표는 우당에 대해 어린 나이에 고생을 많이 하셨지만 지금도 늘 온화하고 다정한 분이라고 설명한다.《우당 홍기대 조선백자와 80년》(2014)이라는 책이 유리 진열대 위에 놓여 있다. "그 양반의 일대기야. 이병철 회장님 만난 거, 이건희 회장님 만난 거, 간송 사장님 만난 거 재미있는 이야기들이 많이 나와. 산 역사야. 아직도 살아 계시니까."

　　홍 대표가 가게를 맡기 전 구하산방은 큰 형님(홍문희)이 가게를 맡고
있었다. 형님은 한약방에서 일하고 있었지만 글도 잘 쓰고 그림에도 재주
가 있었다. 구하산방 일이 잘 맞을 거라 생각해 우당은 그에게 가게를 맡
겼다. 그러나 워낙 술을 좋아하고 풍류를 즐기던 탓에 가게 운영에 별 재
미를 느끼지 못하고 결국 술로 돌아가셨다. 형님이 돌아가시기 전, 당시
건설 회사를 다니다 쉬고 있던 홍 대표는 가게에 자주 왔었다. 그런 그에
게 형님은 잠시 가게를 맡아 달라 말하곤 밥을 먹으러 간다, 약속이 있다,
출장을 간다 말하며 자리를 비우는 날이 잦아졌다. 그때는 홍 대표도 시간

이 많고 갈 데도 기껏해야 피카디리나 대한극장의 개봉작을 보러 외출할 뿐이라 가게를 군말 없이 지켰다. 형님의 노련함에 자신을 구하산방의 새 주인으로 삼으려는 뜻을 전혀 눈치 못 채고 5년이라는 시간이 흘렀다. 형님은 이제 됐다고 생각했는지 그의 앞으로 영업 허가증을 내어주셨다. 그렇게 홍 대표는 구하산방의 새로운 주인이 되었다.

OEM 방식이어도 기술은 우리의 것

구하산방에서 판매되는 대부분의 제품은 중국에서 OEM 방식으로 들어온다. 국내에도 인간문화재, 무형문화재 장인들이 있지만 대부분 생활고로 전업했다. 젊은이들은 젊은이대로 궂은일이라 기피해 만들 사람이 없다. 또 다른 이유는 재료 고갈과 인건비 문제다. 예전에는 사람들이 양털, 족제비털, 소털 등을 구해 시장에 팔았다. 하지만 수고에 비해 버는 돈이 적다 보니 식당에 나가 그릇을 닦는 게 더 낫다 여겨 모두 그만뒀다. 그에 비해 중국과 몽골에는 재료가 풍부하고 한국의 10분의 1 가격으로 구할 수 있다. 저렴한 인건비로 사람도 충분히 쓸 수 있어 OEM 방식이 된 것이다.

홍 대표는 재료는 외국에서 공급받지만, 만드는 기술은 우리 것이라고 말한다. 위낙 산업스파이가 많아 가짜를 만들어내다 보니 핵심 기술은 전수해주지 않는다. 보기에는 똑같아도 써보면 확실히 티가 나 중국 사람

들도 이곳으로 붓을 사러 온다고 한다. 값싼 중국 물건에 밀려 문을 닫은 필방들도 여럿, 구하산방도 몇 번의 위기가 있었지만 흔들림 없이 제품의 질로 승부했다. 언어와 생활 습관이 달라도 어느 나라 사람이든 좋은 물건은 알아본다고 생각했기 때문이다. 인사동에서 필방의 자존심을 지키며 100년의 역사를 이어갈 수 있는 이유다. 한편으로는 국산 물품이 있어도 값비싸다는 명목으로 많이 판매되지 못하는 현실도 안타깝다.

외국 같은 경우 일이 분업화되어 한 사람이 붓 하나를 만들어내지 못한다. 하지만 우리나라 장인은 재료를 구하는 것부터 만들어 시장에 파는 것까지 1인 5역, 7역을 한다. 그런데도 한 달에 70~80만원 보조를 받아가며 근근이 생활하는 실정이다.

"자녀들이 대학을 못 가. 그 돈 벌어 갖고는. 그러니까 이제 이런 걸 만들 기술자가 없어. 전통으로 할 수 있는 사람들이 없어. 다 가난해. 서민 중에서도 바닥이야. 그 사람들은 자부심을 가지고 하는데 경제적인 게 상당히 어려워. 입이 있어도 말을 못해. 자존심이 있으니까. 우리 아버지 붓 맨다고 자식들이 말도 못해. 창피해서. 그런 데는 시집도 안 와." 갑자기 쓸쓸해지는 이야기 탓인지 그는 담배를 한 개비 물고 나간다.

화가 나는 사실은 우리나라 최고의 장인들이 임진왜란 때 일본으로 납치되면서 우수한 우리 전통문화가 명맥이 끊기거나 겨우 유지되는 분야가 많다는 것이다. 대표적인 분으로 심수관(본명 심당길, 도예가)이 있다. 심

수관은 일본으로 납치된 80명의 조선 도공 중 한 명으로 일본 가고시마 사쓰마 지역에 조선인 마을을 이루며 새로운 도자기 전통을 만들어냈다. 지금은 그의 후예 15대 심수관(심일위. 57)에 의해 400년의 명맥을 잇고 있다. 현재 그 가문에서 만들어낸 도자기는 세계 최고의 도자기라며 찬사를 받고 있다.

좋은 붓이 갖추어야 할 네 가지 미덕, 첨제원건

첨제원건(尖濟圓健). 붓끝이 날카롭고 흩어지지 않는 것을 첨(尖), 털이 가지런히 정돈되어 있는 것을 제(齊), 원만한 모양으로 회전이 잘되는 것을 원(圓). 탄성이 있어 휘어진 털이 금세 돌아오는 것을 건(健). 좋은 붓이 지녀야 할 사덕을 말한다. 홍 대표는 사덕을 갖춘 붓을 만들기 위해 새롭고, 질 좋은 재료를 구하러 한 달에 한 번 해외 출장을 간다. 좋은 재료가 있다고 하면 어디든 간다. 추운 지방일수록 털이 좋고 더운 지방의 털은 탄력이 없어 붓의 재료로 삼기에는 적합하지 않다고 설명한다.

일반적으로 쓰는 붓은 중국 공장에서 제작하지만 특수 제작이나 맞춤 붓은 국내에서 직접 만든다. 털의 종류에 따라 붓 이름도 달라진다. 노루 털로 만든 붓은 장액(獐腋), 쥐 수염으로 만든 붓은 서수필(鼠鬚筆)이라 한다. 붓의 종류에 따라 만드는 시간도, 방법도 다르지만 보통 하루에 한

두 자루만 만든다. 적어도 120번의 손길을 거쳐야 붓 하나가 완성되는 공정이 까다로운 탓도 있지만, 안타깝게도 컴퓨터와 볼펜 같은 제품에 밀려 붓을 찾는 손님들이 그만큼 줄은 탓도 있다.

"붓마다 힘 조절이 가장 힘들어요. 붓에 대한 힘. 그 붓이 어느 정도의 힘을 가지고 있는지를 가장 중요시하며 만들어요. 붓의 탄력 조절을 잘해야 그 붓에 생명이 있어요. 쥐 수염으로 만드는 것은 상당히 어려워요."

그는 펜과 종이를 꺼내 그림을 그리며 친절히 설명을 이어간다.

"모든 털은 이런 식으로 되어 있어요." 머리카락 같이 얇은 선을 여러 개 그리고 바로 그 옆에 날카로운 긴 삼각형 모양을 그린다. "현미경으로 들여다보면 이렇게 못같이 생겼지요. 이거는 딴 거(털)를 가미해야 해요. 이걸로 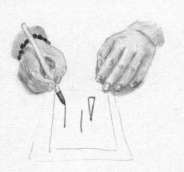 만 하면 매기가 상당히 어려워요." 즉, 털이 자기들끼리 뭉치지 않기 때문에 다른 것과 섞어줘야 한다는 거다. 붓은 필장들이 한자루 한 자루 실험 과정을 거쳐 만들어낸다. 완성된 붓은 까다로운 검사를 통과해야지만 구하산방의 이름을 달고 작가에게 직접 전달되거나 진열된다.

모든 붓에는
자기 역할이 있다

"이게 죽필이에요." 홍 대표가 대나무로
만든 붓을 보여준다. 말로만 듣던 세광봉백학필
(細光鋒白鶴筆)이다. 대나무 대를 잘게 쪼개 머리
카락처럼 만든 붓으로, 구하산방을 대표하는 붓
이다. 주로 힘 있고 거친 면을 표현할 때 사용한
다. 단단하면서도 올곧은 붓의 힘이 느껴진다. 상
상만 해오던 붓을 직접 만져보니 손끝으로 감동
이 전해진다. 안타깝게도 이 붓은 국내에서는 기
술자가 없다. 현재 국내 제품으로 판매되는 죽필은

세광봉백학필

모양만 죽필일 뿐 기능이 없다며 홍 대표는 호두를 흉내 낸 호두과자라 비
유한다. 앞서 언급했듯이 조선의 기능 기술자들이 일본으로 납치되면서
붓 만드는 기술도 맥이 끊겼기 때문이다. 구하산방에서 판매되는 죽필은
모두 우리 조상의 후예들이 일본에서 만든 것들을 들여온 것이다.

홍 대표는 붓에 관심이 많은 내게 가르쳐주고 싶은 것이 많은지 공작
새 갈기로 만든 붓도 꺼내 오신다. 물에 적신 후 붓질이 고스란히 드러나
는 판 위에 선을 그어 보인다. 판 위에 거친 붓 자국이 생겼다.

"사람이 이렇게 못해요. 갈필이 나오는 건 붓이 만들어내는 거지요.

이거는 하루 종일 자기들끼리 붙으려 하지 않아요. 떨어지려고만 하지. 죽필이 바로 그런 역할을 해요. 아. 죽필 써봤더니 별로 좋은 거 모르겠다. 그런 사람은 가짜를 써본거고. 진짜를 써본 사람들은 그런 소리 안 해요."

모든 붓에는 자기 역할이 있다. 각각의 용도가 있다는 말이다. 사람들이 말하는 "족제비가 좋다. 쥐 수염이 좋다"라는 건 그 사람의 취향, 그 작품에 맞는다는 의미로 그 붓이 제일 좋다는 주장은 옳지 않다고 한다. 그 사람에게만 좋은 붓일 수 있으니. 홍 대표가 좋아하는 붓은 청설모 붓이다. 붓촉에 검은빛이 도는 청설모 붓을 꺼내 보인다. 손으로 털을 쓸어 보니 힘이 좋다. 그는 붓을 잘 관리하는 방법도 일러준다.

"통풍이 잘되고 깨끗한 물에 빨아 붓걸이에 걸어놓는 게 제일 좋아요. 비닐에 싸서 들고 다니는 건 붓을 죽이는 행위예요. 비닐에 씌우면 털이 빠져요. 썩어서 하나하나."

벼루에도 눈을 돌리니 차 한 대 값, 집값과 맞먹는 벼루도 있다며 두 개의 벼루를 꺼내 보여준다. 중국 노강 지역에서 나온 재료로 만든 것으로 옛날에는 가보로

내려왔을 정도로 귀하고 좋은 벼루라고 한다. 두 개 모두 먹을 가는 면(연당)에 대리석 같은 무늬들이 있다. 마치 사람의 고운 피부처럼 부드럽고 매끄럽다. 하나는 연액(벼루 머리) 부분에 섬세하게 조각된 나무 모양이 있다. 중간에 금빛과 은은한 보라색을 띄는 줄들이 있는데 억겁의 시간을 거쳐 형성된 유전자라고 한다. 먹이 잘 갈릴 뿐만 아니라, 물이 금방 흡수되는 일반 벼루와 달리 이 위의 물은 마르지 않고 오랜 시간 고여 있다. 불모수(不耗水)라 한다. "그래서 명품이야."

그저 공장에서 만들어낸 제품을 파는 것이 아니라, 자신이 직접 찾아내고 구하산방이 만들어낸 물건이어서인지 서화 재료를 설명하는 그의 눈빛에는 애정이 가득하다.

1970~80년대에는 주부들이 취미생활로 문화센터나 마을회관을 다니며 그림, 서예를 많이 배웠다. 요즘은 마흔만 넘어도 남편들이 명예퇴직으로 회사를 나오는 실정이다 보니 주부들은 취업전선으로 뛰어들었다. 또 예전에는 미술대학에 수십 대 일, 수백 대 일씩 학생들이 몰렸지만 요즘은 취업이 힘들어 기피 전공이 되어 그 많았던 동양화과도 정원 미달로 폐지되고 있다. 그만큼 붓을 쓰는 이들도 줄어든 셈이다. 홍 대표의 깊은 한숨은 날로 잦아졌다. 그는 현재 미술품도 함께 판매하고 있다. 구하산방의 수입만으로는 유지가 어렵기 때문이다. 명맥을 이어가야 하기에 바깥에서 퍼서 안에다 붓는 격이다. 자신이 창업한 것이 아니기에 더 막중한 책임감을 느낀다며 만에 하나 운영이 힘들어지면 서울시에 기증해서라도

명맥을 잇게 하고 싶다고 말한다.

"100년을 넘게 잇는 가게는 우리나라에 몇 개 없어요. 아, 이거 대한민국 기네스북인데."

인사동은 현재 문화 특구로 지정되어 있다. 상인들을 위하고 관광명소로 만들기 위한 정책이지만 정작 이곳 상인들은 울상이다. 도움보다는 오히려 마을 경비에 쓴다며 관리비를 더 내고, 세금은 오르며, 재계약을 해도 건물주가 100% 오른 계약금을 요구하기 때문이다.

취익~ 취익. 가게 안 사무실에서 밥 짓는 소리가 들린다. 홍 대표는 점심을 먹고 가라며 극구 사양하는 나를 식탁 앞에 앉혔다. 임금님의 12첩 반상이 부럽지 않은 상차림이 펼쳐져 있었다. 밥 생각이 없던 나는 금세 공기밥 한 그릇을 뚝딱 비워내고 빵빵해진 배를 행복하게 두들기며 인사동 거리로 나왔다. 거리에는 다국적의 사람들이 가득하다. 화장품 샘플을 들이밀며 호객 행위가 한참인 가게 점원들을 보니, 어느새 야금야금 늘어난 프랜차이즈 커피숍과 화장품 매장들이 눈에 들어오기 시작한다. 어라! 이곳에 있던 오래된 가게들. 언제부터 사라진 거지? 갑자기 내가 알던 인사동의 모습이 아닌 것 같아 낯설게 느껴진다. 그제야 홍 대표가 답답해하던, 변해가는 인사동의 모습이 제대로 보이기 시작한다.

내자땅콩

Since 1964
내자동

⋮

추억을
굽다

초등학교 시절, 부모님의 맞벌이로 방학에는 강원도 할머니 댁에 남동생과 한 달씩 머물렀다. 그때마다 할머니는 손자 손녀를 위해 아껴둔 생과자를 광에서 꺼내오시곤 했다. 오일장이 서는 날에는 할머니를 따라나섰는데, 할머니가 반찬을 사는 동안에 부채꼴 모양, 말아진 모양, 땅콩 모양 등의 과자를 양은 쟁반에 수북이 쌓아놓고 파는 걸 남동생과 멀뚱히 구경하기도 했다. 그러면 주인아저씨가 하나씩 먹어 보라며 과자를 주었다. 보기에도 심심해 보이는 과자가 맛도 심심한 게 신기했다. 김 맛, 와사비 맛 과자는 거의 문화 충격이었다. 그런 우리를 보고는 반찬거리를 사던 할머니가 바지 안 깊숙이 넣어둔 쌈짓돈을 풀어 과자를 사주셨다. 초콜릿과

버터에 길들여진 입맛에 맞을 리가 없었지만 서울에서 사온 과자가 다 떨어지고 나면 선택권이 없었다.

시골에서만 먹었던, 할머니가 늘 챙겨주셨던 과자. 그래서 나와 동생은 이 과자를 '할머니 과자'라고 불렀다. 도대체 무슨 맛으로 먹는 건가 했던 그 시절의 이 과자가, 지금은 이상하게 고소하고 참 맛있다. 추억을 먹는다는 생각이 들어 그럴까. 아니면 비로소 이 과자의 맛을 알게 된 걸까.

가을, 내자땅콩의 고소한 풍경

경복궁 1번 출구로 나와 사직공원 방향으로 100m 정도 걸으면 오른쪽에 조그마한 생과자 가게가 나온다. 심플하고 현대적인 간판을 달아 오래된 가게 같지 않지만 같은 자리에서 50년 가까이 생과자를 굽고 있는 곳이다. 상호는 조선시대 경복궁 옆 궁에 들어가는 음식을 조달하는 관청인 내자사(內資寺)가 있던 곳이라 내자동이 된 동네의 이름에서 땄다. 예전에는 땅콩 판매 위주로 장사를 했기에 땅콩이 붙여져 '내자땅콩'이 되었다.

직사각형의 그리 크지 않은 공간에 출입문 쪽 유리창과 왼쪽 벽면의 진열장에는 전병, 강정, 땅콩이 가득 박힌 생과자, 모나카, 분홍색에 파란색 띠가 들어간 하스, 엿, 사탕 등이 가득 놓여 있다. 투박한 진열이지만

가게 안쪽에서 좋은 냄새를 풍기며 따끈따끈한 과자가 하나씩 구워져 나오는 걸 보고 있으니 포장, 인테리어 따위는 눈에 들어오지도 않는다. 그저 얼른 맛보고 싶은 충동만 가득할 뿐이다. 서서히 단풍이 지고 선선한 바람이 불어오는 날이었지만 가게 안은 과자 굽는 열기로 아직 한여름이다. 선풍기 한 대만이 달달거리며 뜨거운 열기를 식히고 있었다. 선풍기가 돌 때마다 바람을 탄 생강향이 은은하게 퍼진다.

과자는 주로 여름보다 선선한 날씨에 더 많이 팔린다. 여름에는 습기로 인해 금방 눅눅해져 오래 보관도 못하거니와 과일을 더 많이 찾기 때문이다. 가는 날이 장날이라고, 추석을 앞둔 대목이라 가게 안은 한창 바빴다. 파란 고무신에 하늘색 얇은 바지, 흰 러닝셔츠를 입은 장인이 머리에 손수건을 접어 두르고 오븐기 앞에 앉아 동그란 모양의 반죽을 짜 넣고 있다. 커다란 오븐기는 가게를 열 때부터 함께한 것으로 한눈에 봐도 세월의 흔적이 짙다.

장인의 팔뚝에는 운동하는 사람처럼 잔 근육이 잡혀 있다. 양 손목과 팔꿈치에 끼워진 보호 밴드가 무거운 연장들을 장시간 들었다 났다 하는 고된 작업임을 짐작케 한다. 한때 직접 가게를 운영하기도 했던 40년 경력 박종환 장인(61)은 내자땅콩 창업주 김중호 대표(77)가 몸이 좋지 않아 4년 전부터 일을 도와주고 있다. 그 옆에는 2대째 가업을 잇고 있는 주인 아들 영남 씨가 구워낸 과자를 받아 막대기로 돌돌 말고 있다.

내자 땅콩 대표님.

작업 모습을 지켜보니 과자는 다음과 같이 만들어지고 있었다. 집게 모양의 네모난 쇠판 위에 반죽을 네 덩이로 짜서 그 위에 땅콩을 뿌려놓고 판을 눌러 오븐기 안에 넣는다. 그사이 먼저 넣어둔 쇠판을 열어 과자가 잘 구워졌나 확인한다. 반죽이 갈색으로 알맞게 익으면 판에 붙은 반죽을 떼어 옆에 있는 영남 씨에게 넘긴다. 영남 씨는 막 나온 뜨끈뜨끈한 과자를 둥글게 말아 일정한 간격으로 긴 홈이 난 나무틀에 차례대로 끼워넣는다. 모양 그대로 굳어진 과자는 박스에 담긴다. 그렇게 만들어진 생강 말이 전병이 차곡차곡 쌓이고 있었다. 두 사람의 호흡이 척척이다.

전병, 센베이,
생과자, 전통과자

문득 궁금해졌다. 전병, 센베이, 생과자, 전통과자라는 여러 이름을 가진 이 과자. 도대체 어떤 단어가 맞는 것일까? 영남 씨가 시원스레 답을 내린다.

"센베이가 맞는 말이에요. 요즘은 순화해서 전통과자라고 하는데 아주 어렸을 때는 센베이라고 불렀어요. 뒤집개로 뒤집어 눌러가며 굽는 형태가 유사해서 전병이라고도 부르는 것 같아요. 이 과자는 일본 방식하고 거의 비슷해요. 저희 건 일본 게 우리나라로 넘어오면서 바뀐 거죠. 우리나라 사람들 입맛에 맞게."

조금 더 들춰보면 센베이는 중국에서 시작된 음식으로 대략 기원전 200년 전부터 먹었던 것으로 전해진다. 한문으로 煎餅, 발음은 jiānbǐng이다. '지지는 떡'이란 뜻으로 아침이나 간단한 한 끼 대용으로 먹었던 음식이다. 일본에는 8C 말~ 9C 초에 들어왔다. 제조법 역시 입맛에 따라 다양한 재료를 올려놓고 구워내는 방식으로 바뀌면서 수십 종류로 늘어났다. 국내에는 '조일통상조약'을 통해 일본 상인들에 의해 처음 소개됐다. 마땅한 군것질거리가 없던 시절에 센베이는 보관도 오래되어 최고의 간식거리였다.

영남 씨가 방금 나온 따끈따끈한 생강 과자를 건넨다. 한입 베어 무니 입 안 가득 고소함과 생강향이 은은하게 퍼진다. 아직 굳지 않아 바삭함은 없지만 부드럽다. 얇은 빵을 뜯어먹는 느낌이랄까. 배까지 따뜻하게 느껴지는 것 같다. 옆에서 먹는 모습을 흐뭇하게 지켜보던 김중호 대표님(77)이 한 말씀 하신다.

"정성이 안 들어가고 흐지부지하게 구우면 손님들도 알아요. 좋아하지 않아 부러."

과자 굽는 마을은
새벽 4시부터 문이 열린다

　　내자땅콩의 불은 새벽 4시부터 켜진다. 이곳에 상주하시는 사모님이 새벽 장사를 끝내고 집에 들어가는 남대문이나 동대문 상인, 택시 운전기사들이 과자를 살 수 있도록 일찍 문을 열기 때문이다. 처음 이곳에 가게를 열었을 때부터 지금껏 지켜져온 시간이다. 대표님은 연신내 본가에서 따로 지낸다.

　　"잠도 안 자고 문을 열어놓고 있으니까 걱정이에요. 새벽에는 손님도 별로 없는데 쓸데없는 욕심을 부려요. 그렇게 문을 연 지 오래 됐어요. 허허."

　　오븐기는 아침 9시부터 8시간 쉬지 않고 과자를 구워 낸다. 장인 역시 꼼짝없이 오븐기 앞에 앉아 과자를 굽는다. 한번 앉으면 점심시간을 제외하고는 오븐기 앞을 떠날 수 없다. 하루에 일하는 시간 10시간. 젊은 사람들도 지칠 만한 작업 시간이지만 장인은 40년 동안 한결같다. 과자 틀의 묵직한 무게감이 장인의 팔 근육으로 그대로 전해진다. 조금 더 가볍고 손쉬운 기계를 사용해도 되지 않을까 싶지만 장인은 지금의 기계를 계속 쓸 생각

이다. 아무리 더 편하고 좋은 기계가 나왔다 해도 그동안 한결같은 과자를 구워온 지금의 것을 따라가지 못하기 때문이다.

1970년대 시골에서 갓 올라온 대표님은 큰 처남이 하던 과자 기술을 배웠다. 금방 자신감이 붙은 그는 일단 가게를 얻어놓고 기술을 익히며 과자를 만들었다. 그때부터 꾸준히 과자를 구워온 게 지금까지 오게 됐다. 대표님은 2년 전 집으로 돌아가는 길에 넘어져 크게 다쳐 몸이 많이 불편하시다. 말씀을 하시다가도 중간 중간 힘겨운 듯 잠시 쉬어 가신다.

처음 이곳에 가게를 열었을 땐 주변에 많은 과자점들이 있었다. 하지만 대기업에서 다양한 종류의 과자를 만들어내면서 그 많던 가게들은 하나둘 사라졌다. 당시 내자땅콩도 힘든 시간을 보냈다. 엎친 데 덮친 격으로 지하철 3호선 개통 공사가 시작되었다. 길가에 차를 세울 수도 없고, 통행도 불편해 손님들은 확 줄었다. 다른 일을 병행하면서까지 하루하루 연명한 시절이었지만 지금껏 살아남을 수 있었던 이유는 다름 아닌 '정성'이었다. 죽기 살기로 이 일에 매달리며, 쉬운 길을 택해가던 남들을 따라가지 않고 오히려 노력을 더했다. 그 단순하고도 기본이 되는 것이 이 작은 가게를 지금껏 지켜올 수 있는 힘이었다.

이곳은 어린아이부터 어르신들까지 다양한 연령층이 찾는다. 한 손님이 나가면 금방 다른 손님이 들어올 만큼 이곳 과자의 인기는 식을 줄 모른다. 혹 그날 팔리지 않은 과자는 어떻게 처리될까 궁금했는데 들어오는 손

님들의 수를 보니 재고 걱정은 할 필요 없을 듯하다. 과자 역시 방부제 없이도 유통기한이 한 달이나 가기 때문에 대부분의 경우 다 팔려나간다.

손으로 한 장 한 장 구워내는 과자

흔히 마트에서 파는 얇고 부드러운 센베이만 먹어본 사람들이라면 아마 구멍이 숭숭 난 투박하고 두툼한 이곳의 센베이가 어색할 수도 있다. 제과사 제품들이 다 얇고 부드러운 형태로 나와 그 맛으로 각인되어 있기 때문이다.

"어르신들의 경우, 어렸을 적부터 먹었던 맛이기에 그 맛을 알고 있어요. 어르신들이 생각하는 센베이 과자는 이 정도 두께와 투박한 식감인데, 젊은이들은 이 맛을 모르고 자랐으니까. '아, 부드러운 게 좋은 거다'라고 생각하는 거죠. 저희 가게에는 중국 분들도 많이 오는데 그냥 오셔서 보고만 가요. 맛 자체를 모르니까. 이 과자에 대한 기억이 없는 거예요."

마트에서 파는 과자는 값을 맞춰 만들기 때문에 그에 맞춘 재료를 쓰게 되고, 그만큼 얇아질 수밖에 없다. 이곳의 과자 맛과 확연히 차이나는 이유다. 내자땅콩의 과자는 여운 있는 깊은 맛이 난다. 이곳의 과자 맛을

내자땅콩 장인과 아드님.

알고 기업에서 납품 제안도 많았지만 모두 거절했다. 납품 비용을 맞추려면 좋은 재료를 못 써 지금의 맛과 품질을 유지할 수 없기 때문이다. 김 대표는 단호하게 도매를 하지 않을 거라고 말한다. 묵묵히 과자를 굽고 있던 아들이 아버지의 말에 설명을 더한다.

"수요에 맞추느라 기계로 구우면 맛이 달라요. 아버지는 그러면 기본에서 많이 벗어나니까 그게 싫으신 거죠."

아들은 3년 전에 가업을 이어받았다. 직장생활을 오래했지만 3～4년간 고민 끝에 가업을 잇는 것이 더 의미 있다고 생각해 잘 다니던 직장을 그만두었다. 지금은 다행히 4kg이나 되는 과자 굽는 기구가 양은으로 바뀌면서 조금 일이 수월해졌다. 아버지는 이보다 더 무거운 기구로 과자를 구워내며 자신을 키워내셨다. 그 시간들을 생각하니 오븐기의 뜨거운 열기도, 무거운 기구들도 힘겹게 느껴지지 않는다. 또한 아버지의 과자를 먹어온 단골들이 변함없는 맛이라 고맙다며 오래도록 유지해달라고 부탁할 때 그는 아버지가 자랑스럽고 뿌듯해진다.

"너무 힘든 일이기 때문에 해보라는 소리를 못했지. 이거, 구경하면 재미있다고 하는데 엄청나게 힘들어요. 과자를 굽는 일부터 포장까지 손으로 다 해야 하니까. 강요는 안 했어요. 아마 항시 눈으로 보던 것이라…." 김 대표는 과자를 굽고 있는 아들의 뒷모습을 가만히 쳐다본다.

이곳의 인기 과자인 땅콩 과자를 샀다. 한 봉지에 7,000원. 과자치고는 비싼 감이 없지 않지만 손으로 일일이 구워내고 국산 재료를 사용하니 고개가 끄덕여진다. 과자는 마트에서 파는 것보다 투박하고 훨씬 두툼하다. 땅콩도 듬성듬성 모자람이 없다. 밀도 없이 구멍이 숭숭 난 과자를 한 입 깨무니 큰 부스러기가 투두둑 떨어진다. 어릴 적 할머니가 흘리지 말고 먹으라며 접시를 대주시고는 손자 손녀가 흘린 과자 부스러기를 손으로 쓸던 모습이 떠올라 할머니가 그리워진다.

내자땅콩의 안주인.

이곳의 안주인, 주인 할머니가 들어오셨다. 붉은색 립스틱을 바르고 화려한 노란 꽃무늬 티셔츠에 곤색 바지, 형광색 아쿠아 슈즈가 눈에 띈다. 할머니의 등장만으로 가게 안이 환해졌다. 할머니는 말없이 대표님 옆에 앉아 자연스럽게 저울에 과자를 달고 비닐에 과자를 넣으신다. 빵 끈을 입에 물며 야무지게 포장을 하던 할머니는 할 일이 생각났는지 하던 일을 멈추고

수화기를 들었다.

"적어. 어!? 적으라고." 할머니의 말에 상대방이 무슨 말인지 몰라 되물어본 모양이다. 그러자 과자를 포장하고 있던 조금은 나이 들어 보이는 '알바생'이 할머니에게 한마디 한다.

"아니, '주문할 거니 적어라'라고 해야지, 갑자기 적으라면 어떡해요. 상대방이 뭔 줄 알고." 그러자 할머니는 나를 보고 키득 한번 웃으신다. 그러고는 금세 주문내용을 까먹으셨는지 "뭐라고 했지? 어?" 하며 알바생에게 묻는다.

"검정깨 4키로.", "검정깨 4키로."
"하얀 거….", "하얀 거…."

금방 재료와 양을 듣고도 잊어버려 알바생이 일러주면 그대로 따라하신다. 힘들게 주문을 끝내고는 "듣고서도 금방 까먹었어. 늙어서 그래."라며 멋쩍게 웃으신다. 할머니의 웃음에 알바생도 웃고 옆에서 지켜보던 나도 웃음이 났다. 낯선 이방인의 머무름에도 상관없이 그렇게 내자땅콩의 평범한 일상이 흘러가고 있었다. 슬슬 그림도구를 챙겨 떠날 채비를 하니 할머니는 과자 좀 가져가라며 검은 봉지에 한 아름 챙겨 주신다.

"보람되거나 좋은 일? 안 되면 안 되는 대로 견디고. 일이 어디 욕심

대로 돼요? 멀리 이사 가서도 찾아오는 사람들도 있고, 옛날 얘기도 하면서 그렇게 살아요. 우리 과자 먹다가 다른 과자는 못 먹는다는 분들도 있고. 에피소드? 우리는 이 일만 하니까 뭐 그런 것도 없고 그래요. 가게 운영? 작년만 못해요. 경기가 안 좋다고 하니까. 그냥 그런가 보다 하는 거지요."

그저 묵묵히 다른 생각 없이 한 가지 일에만 매달려 왔기 때문일까. 김중호 대표의 이야기 속에 기대했던 드라마는 없었다. 마치 그가 만들어 내고 있는 투박하지만 고소하고 은은한 여운이 있는 센베이를 닮은 느낌이다. 그래서 그의 소박한 이야기와 소소한 일상들이 특별하게 다가온다.

아버지는 말한다. "계획은 없어요. 이 나이에 내가 무슨 계획이 있것어요. 아들한테 물려주는 거 그 계획밖에 없어요. 내가 이제 하지도 못하고, 버텨 나가는 거지. 재료 많이 넣고 이익 좀 덜 보면 되는 거지요."

아들이 말한다. "처음 그 맛을 지켜나가는 거. 기본을 지키는 게 가장 중요한 것 같아요. 그것 때문에 손님들이 오시는 거고. 멀리서도 찾아오시는 거니까. 그걸 지켜갈 거예요."

다행이다. 그 아버지의 그 아들이다.

웃음과 술을 팔던 요정이 사찰로 태어나고,
외국인의 대저택이 쪽방촌으로 변모해간다.
오랜 시간이 공간에 가져다준 드라마틱한 반전은
아름다웠던 과거와 달라진 현재의 눈물 나는 조우를 만들어낸다.
가장 드라마틱한 시간의 반전을 보여주는 장소들의 이야기.

space 3.

한 공간에서 전혀 다른 과거와 현재가 만나다, 반전 장소

오랜 시간이 다시 탄생시킨 공간,

과거와 현재가 만들어낸

드라마틱한 반전의 이야기가 펼쳐지다

딜쿠샤

Since 1923
행촌동

⋮

내가 가장 기쁘게 살았던
나라였기 때문입니다

희망의 궁전→쪽방촌

홍난파 가옥을 들러 처음 이곳에 왔을 때 별 어려움이 없었기에 독립문 지하철역에서도 잘 찾아오리라 생각했다. 그런데 웬걸. 지도 앱을 봐도 미로 같은 골목길에 눈앞에서 딜쿠샤의 지붕을 보고도 헤맸다. 지도대로라면 분명 건물들 사이에 딜쿠샤로 이어지는 길이 나와야 하는데 건물들만 즐비했다. 혹시 작은 샛길을 놓쳤나 싶어 왔던 길을 되돌아가기도 몇 번. 정오가 되고 날은 점점 뜨거워져 지쳐갔다. 뛰어내리면 바로 딜쿠샤의 뒷마당으로 갈 수 있는 건물 담벼락에 서 있게 됐다. 그냥 뛰어내려 볼까 하는 생각까지 들었지만 높이가 꽤 되어 생각을 고쳐먹었다. 이번에는 송월1길을 따라 사직터널 방향으로 내려갔다. 한참을 따라가니 공사 중을 알

리는 가림막이 쳐진 삼거리가 나왔다. 무의식적으로 오른쪽으로 먼저 고개가 돌아갔다. 저 멀리 커다란 은행나무와 붉은색 벽돌건물이 보였다. 딜쿠샤다!

　　반가운 마음에 발걸음을 재촉했다. 목적지에 도착하니 미세한 바람조차 시원했다. 한때는 언덕 위에 홀로 서서 마을을 수호했을 나무의 그늘에서 데워진 몸을 식혔다. 임진왜란 때 행주대첩을 이끈 권율장군이 직접 심었다고 알려진 나무다. 조선시대에는 은행동(銀杏洞)으로, 지금은 행촌동(杏村洞)으로 불리는 것도 바로 이 나무 때문이다. 마을 사람들의 소원을 들어주고 저주를 내리기도 했다는 나무의 전설이 무색할 만큼, 지금은 다닥다닥 붙은 건물들로 인해 터를 잘못 잡아 시멘트 바닥을 뚫고 오른 나무처럼 어색하다. 빌라들 사이에 선 서양식 2층 건물 딜쿠샤도 그러했다. 그곳에서 90년이 넘게 존재해왔지만 나무처럼 주변과 어울리지 못하고 쭈뼛이 서 있는 모습이다.

겨우 숨이 붙어 있는
귀신의 집

　　비가 새는지 지붕은 방수포로 덮여 있다. 건물 외벽에는 균열이 가 있거나 바닥 일부는 뜯겨져 있다. 건물의 뒤쪽은 높아진 시멘트 바닥이 집의 절반을 가렸고 엉성하게 증축된 컨테이너로 집은 원래의 모습을 잃어

딜쿠샤 2층 복도 문.

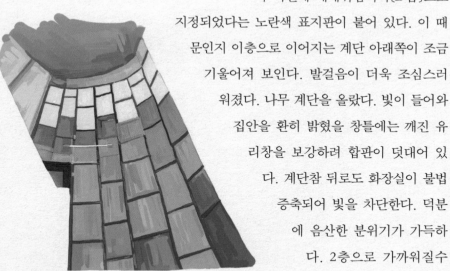

딜쿠샤 내부 창틀.

가고 있었다. 눈에 들어오는 부분 어디 하나 멀쩡한 곳이 없다.

시멘트 계단을 올라 건물 내부로 들어섰다. 신발을 신고 들어오면 욕과 함께 벌금을 내야 한다는 경고문을 보고, 바닥에 놓인 슬리퍼로 갈아 신었다. 낡은 나무바닥은 제자리 뛰기라도 하면 금세 푹 꺼져버릴 것처럼 심하게 삐걱거렸다. 복도 끝 오른쪽 벽면에 재해위험지역〔D급〕으로 지정되었다는 노란색 표지판이 붙어 있다. 이 때문인지 이층으로 이어지는 계단 아래쪽이 조금 기울어져 보인다. 발걸음이 더욱 조심스러워졌다. 나무 계단을 올랐다. 빛이 들어와 집안을 환히 밝혔을 창틀에는 깨진 유리창을 보강하려 합판이 덧대어 있다. 계단참 뒤로도 화장실이 불법 증축되어 빛을 차단한다. 덕분에 음산한 분위기가 가득하다. 2층으로 가까워질수록 오래된 나무집 특유

딜쿠샤 살림살이에 가려져 있는 주춧돌.

의 눅눅하고 축축한 기운이 감돌았다. 천정은 물을 먹어 얼룩졌고 여기저기 쳐진 거미줄이 마치 공포영화 세트장을 연상케 했다. 왜 주민들이 '귀신 나오는 집'이라고 하는지 고개가 끄덕여졌다.

이층 복도로 들어섰다. 불빛이 없어 눈이 공간을 인지할 때까지 기다렸다. 잠시 후 작은 문들로 쪽방이 나뉘어진 모습이 보였다. 12가구가 쪽방에 살고 있다지만 인기척은 없다. 안을 더 살펴보고 싶었지만 초대받지 않은 손님이라 사람들이 기거하는 방 안까지는 둘러볼 수 없었다. 건물 내부는 외부보다 훨씬 낡았다. 금방이라도 무너질 것 같은 건물은 겨우 숨이 붙어 있는 모습이었다. 10년이면 강산도, 아니 요즘 시대에는 1년 안에도 많은 것이 변해버리는데. 도대체 어떠한 연유로 지금까지 누구를 기다리며 이렇게 다 늙은 모습으로 남아 있는 것일까.

독립선언서 위에서 태어난 아이

파란 눈의 백발노인이 인천공항에 내려 만감이 교차한 얼굴로 주변

을 둘러본다. 한국을 떠난 지 66년 만에 방문이다. 공항리무진 버스 창가로 스치는 한국은 너무도 변해 있었다. 감회가 새롭기도, 뿌듯함도 밀려온다. 서울역, 숭례문 같이 늘 그곳에 있던 익숙한 건물들이 눈에 들어오자 가슴이 뭉클거린다.

"마침내 내가 시작한 곳에 다시 돌아오게 되었군."

팔짱을 끼고 함께 앉은 아내에게 나지막이 이야기한다. 노인의 이름은 브루스 테일러(Bruce Tickell Taylor, 1919~2015). 2006년 1월 31일 그의 방문으로 그동안 '은행나무집', '미국인 기자 집', '귀신의 집'으로 불리고 '대한매일신보 사옥'으로도 알려져 있던 집이 진짜 이름을 찾고 가옥의 사연이 드러나게 되었다.

옛 세브란스 의전(지금 연세빌딩의 자리)에서 1919년 2월 28일 아침에 한 사내아이가 태어났다. 메리(Mary Linley)는 절반쯤 의식이 있는 상태에서 무언가 심상치 않은 일이 벌어지고 있음을 알아차렸다. 그날따라 유난히 병원이 부산스러웠기 때문이다. 정신이 혼미한 상태에서 간호사가 허겁지겁 종이뭉치를 자신의 침대 밑으로 밀어넣는 걸 보았지만 다시 스르르 잠이 들었다. 남편 앨버트(Albert Wilder Bruce Taylort)의 기척에 그녀는 다시 잠에서 깼다. 앨버트는 아내에게 입을 맞추고는 행복한 표정으로 자신의 아들을 안았다. 그러는 와중에 아이가 누워 가려져 있던 종이뭉치들이 드러났다. 그는 급히 아기를 내려놓고, 빛이 들어오는 창가로 달려갔

다. "대한제국 독립선언서잖아!" 그는 흥분을 감추지 못했다. 일본 경찰들의 갑작스런 급습으로 간호사들이 인쇄하던 선언서를 감춰둔 것이다.

당시 앨버트는 그의 아버지(George Taylort)가 돌아가신 후 금광산업을 이어받아 금광 엔지니어일과 무역일을 하고 있었다. 그러던 와중 고종황제의 장례식 기사를 쓸 특별 통신원으로 채용된 상태였다. 이제 막 UP-R(UPI의 전신)의 특파원이 된 그는 아들을 처음 만난 것보다 그 문서를 발견한 것에 더 기뻐했다. 앨버트는 그날 밤 급히 동생 빌을 불렀다. 빌은 형이 쓴 기사와 독립선언서 복사본을 신발 뒤축에 숨겨 미국으로 전송하기 위해 서둘러 일본으로 떠났다.

그리고 전 세계에 3.1 운동이 알려지게 되었다. 브루스는 그렇게 태어나자마자 독립선언서를 지키는 운명을 맡게 된 것이다.

이상향, 행복한 마음, 희망의 궁전

테일러 부부는 아들 브루스와 함께 살 집을 마련하기 위해 집터를 보러 다녔다. 그러다 인왕산 언덕 위 커다란 은행나무가 인상적인 곳에 집을 짓기로 한다. 서울 일대와 한강이 내려다보이는 곳이었다. 집이 완성되자 메리의 바람대로 신혼여행 때 인도 러크나우에서 본 궁전 '딜쿠샤(Dilkus-ha)'라 이름을 짓는다. 그러고는 가옥의 이름과 '시편 127장 1절'이라는 표

시를 건물 외벽에 새겨 넣었다.

테일러 부부가 살았을 당시의 딜쿠샤 전경.

지금은 이곳 거주자들의 살림 살이들로 가려져 그 표식이 잘 보이지 않는다. 장독대가 모인 곳 뒤쪽의 합판을 들면 'DILKUSHA 1923, P.S.ALM CXXVII-I'라는 글귀가 나타난다. '희망의 궁전', '이상향', '행복한 마음'을 뜻하는 건물의 이름과 '하느님의 집을 짓지 않으면 집 짓는 자의 수고가 헛되며 하느님의 성을 지키지 않으면 파수꾼의 깨어 있음이 헛되도다.'라는 성서의 내용을 담았다.

집을 지을 때는 동네 사람들의 반대와 무당이 저주를 내려 공사가 늦어지기도 했다. 정말 그 때문인지 알 수 없지만 앨버트는 원인 모를 병에 걸렸고, 벼락에 집이 불타기도 했다. 심지어 집사와 키우던 강아지가 갑자기 죽는 일도 벌어져 정말 저주가 내려진 건지 의심도 했다. 그러나 부부는 더 이상 사람들의 말을 신경 쓰지 않고 자신들의 일을 묵묵히 해나가기로 한다.

20여 년간 이곳에 살며 앨버트는 비록 아마추어 기자였지만 뜨거운 격동기 속 한국 역사에 귀중한 자료로 남겨질 사건들을 가장 가까이서 취재했다. 고종황제의 국장 사진을 찍고, 수십 명을 몰아넣고 죽인 '수원 제암리학살사건', 3.1 운동 민족지도자 재판 과정 등을 보도해 일제의 만행

을 국제사회에 알리는 데 이바지했다. 배우이자 화가인 아내는 일제강점기 한국인들의 모습을 화폭에 담아 사적 고증자료들을 남겼다.

이후 1941년 태평양 전쟁이 발발하여 적국 시민이 된 앨버트는 독립운동 취재를 이유로 서대문 형무소에 수감됐다. 메리도 6개월간 가택연금을 당해 개밥을 먹을 만큼 힘든 생활을 하다 1942년에 모두 미국으로 추방되었다. 추방되고 6년 후 앨버트는 1948년 73세의 나이로 미국에서 사망했다. 그의 유해는 "자신이 다른 곳에서 죽게 되면 꼭 한국의 땅에 묻어 달라. 내가 진정으로 기쁘게 살았던 나라였기 때문이다"*라는 유언에 따라 '양화진 외국인 선교사 묘원'에 그의 아버지 옆에 나란히 안치되었다. 그의 아내 메리 역시 미국에서 사망했지만 아들 브루스의 한국 방문으로 그리운 남편의 곁에 머물 수 있게 되었다.

모두에게 희망의 궁전이 되어주길

자신의 어린 시절이 깃든 딜쿠샤를 백발의 노인이 된 브루스는 말없이 올려다보았다. 주인이 떠나간 가옥은 오랜 시간이 흐르는 동안 많은 변화가 있었다. 한국전쟁 이후 갈 곳이 없어진 사람들이 하나둘 모여들어 그

* KBS 다큐공감, 2013. 8. 13. 18회

딜쿠샤 내부.

들의 편의대로 사용되느라 집의 원래 모습은 변형되었다. 가족과 식사를 하던 큰 괘종시계가 놓인 거실은 양쪽이 나무 패널로 막혀 복도가 되었다. 아버지의 서재와 방이 있던 2층은 조각조각 나뉘어져 각각의 살림채가 들어섰다. 정원이었던 앞마당은 시멘트로 덮인 주차장이 되었고, 드넓은 계단식 정원이었던 언덕길은 주택들이 빼곡히 들어섰다. 서울 전경이 내려다보이는 전망 좋았던 집은 이제 빌딩 숲에 떠밀려 점점 설 곳을 잃어가고 있었다.

예전의 모습을 잃었지만 그래도 이렇게 남아 있다는 것에 브루스는 감사했다. 그는 딜쿠샤가 품은 사람들에게 집을 잘 부탁한다는 말을 남기고 나왔다. 브루스는 아버지가 계신 양화진 외인묘지를 들렀다. 그러고는 미국에서 가져온 어머니 묘지의 흙을 아버지 묘비 주변에 정성스레 뿌렸다. 떨어져 있던 부부는 마침내 아들에 의해 함께하게 되었다. 브루스는 그렇게 마음에 남았던 평생의 숙제를 끝냈다.

무관심 속에 무너지고 있던 딜쿠샤는 브루스의 방문으로 인해 테일러 가족을 향한 사회적 관심과 딜쿠샤의 문화재적 가치를 재조명받게 되었다. 브루스의 방문은 아쉽게도 그날 이후 더는 이뤄지지 않았다. "고향(한국)에 가고 싶다"는 말을 남기고 그가 세상을 떠났기 때문이다. 그의 딸 제니퍼는 아버지가 그랬듯이 그의 유골 일부와 묘지의 흙을 가져와 할아버지 옆에 뿌렸다. 이로써 테일러 가족의 영혼들이 그들이 가장 행복하게 살았던 한국에 함께 안식할 수 있게 되었다.

다행히 딜쿠샤를 지금이라도 원형 복원하겠다는 소식이 들려온다. 그동안 소유권은 나라에 있지만 서울시의 문화재 지정 약속이 지연되면서 건물은 임시 보강되며 겨우 버텨내던 상황이었다. 3.1 운동 100주년에 맞춰 원형 복원을 해서 2019년에 시민들에게 개방하기로 발표되었다. 사진 속 예전 모습이 어떻게 부활될지 벌써부터 기대된다.

더불어 오랜 시간 딜쿠샤에서 지내는 12세대 23명의 무단 거주자들

딜쿠샤 뒷면.

문제를 어떻게 해결할지도 관심이 쏠리고 있다. 거주자 대부분은 경제 취약계층이라 다른 곳으로 이전할 수도 없는 상황이다. 이들은 건물이 한국자산관리공사로 위탁되면서 불법 거주의 이유로 벌금 독촉장까지 받고 있다. 이들 역시 이전에 살던 사람들에게 돈을 주고 잘못된 계약을 하고 들어와 살게 되었는데, 불법 거주자라 불리며 보는 이들의 시선이 곱지 않다.

딜쿠샤를 다룬 다큐 프로그램에서 브루스는 자신이 "딜쿠샤에 살면서 느꼈던 행복이 지금의 거주자들에게도 있기를 바란다."고 전했다. 이처럼 딜쿠샤가 품은 모든 사람들이 '희망의 궁전'에서 행복한 마음을 가지고 떠날 수 있는 해피엔딩이 되길 희망해본다.

길상사

Since 1950
성북동

：

삶은 소유물이 아니라
순간순간의 있음을 떠올리며

요정 → 사찰

    누군가의 위로가 절실히 필요한 날이었다. 말없이 마음으로 위로받
고 싶었다. 도시의 소음을 벗어나 스스로를 다독이며 혼자 걸어도 좋을,
조용한 곳에 있으면 좋겠다 했다. 그 생각이 이곳까지 오게 했다. 일주문
에 들어서고 펼쳐진 풍경이 여느 절과는 사뭇 달랐다. 익숙한 듯 낯선 분
위기가 새롭기도 하고 친근하게도 다가왔다. 참새들에게 공양미를 나눠
주는 오묘한 미소의 관음보살석상이 제일 먼저 보인다. 성모마리아를 닮
은 자태가 세간의 말대로 신비로워 이리저리 둘러봤다. 불교색이 짙지 않
는 절로 가꾸기를 바라셨다는 법정스님의 마음이 길 초입부터 느껴졌다.

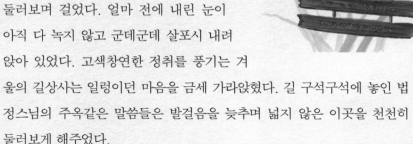

　　귀에서 이어폰을 빼고 그저 천천히
둘러보며 걸었다. 얼마 전에 내린 눈이
아직 다 녹지 않고 군데군데 살포시 내려
앉아 있었다. 고색창연한 정취를 풍기는 겨
울의 길상사는 일렁이던 마음을 금세 가라앉혔다. 길 구석구석에 놓인 법
정스님의 주옥같은 말씀들은 발걸음을 늦추며 넓지 않은 이곳을 천천히
둘러보게 해주었다.

　　설법전을 지나 극락전, 법정스님을 모신 진영각에서 스님의 자취를
느끼고 내리막길을 내려왔다. 길가 오른쪽에 놓인 작은 다리를 건너면 길
상화 공덕비가 나온다. 사찰을 들어오기 전에 몸에 묻어 있던 덧없는 생들
이 길을 따라 벗겨지다 마지막 남은 조각들이 모두 털어지는 곳이다.

길상사를 거니는
연인들의 모습.

법정스님 유골 모신 곳.

이곳에는 대웅전이 없고 극락전이 있다. 대원각의 본채로 사용된 곳이다.
석가모니 상 대신 아미타 부처님이 이곳에 모셔져 있는데, 기생들의 한을 풀어주고
인간들에게 억울하게 죽은 짐승들의 극락왕생을 염원하는 의미가 담겨 있다.
2014년 겨울 하필 찾아간 날에 난방 공사를 하고 있었다.

돈과 권력의 장소였던 요정,
범종 소리 울리는 청정도량 되다

어느 날 김영한이라는 고운 자태의 노파가 법정스님을 찾아왔다.
"아무런 조건 없이 '대원각'을 시주하고 싶습니다. 이곳을 부디 도심
속 열린 사찰로 만들어 스님이 관리해주세요."

대원각은 유신과 군사정부 시절 '청운각', '삼청각'과 함께 3대 고급
요정으로 불렸다. 밤낮으로 기생들의 웃음소리가 끊이지 않고 술과 향락
으로 물들어 부패정치의 밀실로 쓰이던 곳이었다. 공무원들과 정권 최고

관음석상. 천주교신자인 조각가
최종태 교수가 빚은 것으로
종교 간의 화합을 염원하는 의미를
담고 있다. 화강암으로 조성해 2000년
4월 봉헌되었다.

위층 인사들은 물론, 부정부패를 엄단하라던 박정희 전 대통령조차도 비밀요정인 궁정동 안가에서 중앙정보부장의 총을 맞아 운명했을 정도로 당시 정재계 사람들은 로비와 접대의 '요정정치', '밀실정치'에 취해 있었다. 70년대 초 미모의 접대부 '정인숙 살인사건'이 터지면서 그곳에서 벌어진 일들이 세간의 주목을 받기도 했다. 7000여 평의 터에 40여 개의 동으로 이뤄진 대원각 역시 당시 '밤의 정치' 무대였다.

노파는 이 요정의 주인이었다. 법정스님이 쓰신 《무소유》를 읽고 감명 받아 이곳을 범종 소리가 울려 퍼지는 청정도량으로 만들고 싶다며 대원각을 시주하고자 했다. 1987년 당시 이곳의 재산 가치는 무려 1,000억 원에 달했다. 그러나 스님은 이를 받아들이지 않았다. 노파의 간청은 10년이나 이어졌다. 결국 그녀의 진심은 법정스님의 마음을 움직였고 1997년 12월 요정이었던 '대원각'은 부처님 법음을 전하는 청정도량으로 거듭나게 되었다. 사찰의 이름은 길상사(吉祥寺)로 정했다. 신라 말 혜린 선사가 순천 송광사를 창건할 때 사용했던 말이다.

창건법회에서 떨리는 손으로 마이크를 잡은 그녀는 길상사를 눈으로 구석구석 살펴보다 말한다.

"저는 죄가 많은 여자입니다. 저는 불교를 잘 모릅니다. 저기 보이는 저 팔각정은 여인들이 옷을 갈아입던 곳이었습니다. 제 소원은 저곳에서 맑고 장엄한 범종 소리가 울려 퍼지는 것입니다."

그의 바람대로 여인들이 옷을 갈아입던 팔각정은 부처님의 법음을 전하는 범종이 자리하게 되었고, 무희들이 공연한 무대가 있던 곳은 극락 전으로, 여인들의 숙소는 스님들의 요사채로 변했다.

길상사의 이야기가 된 한 여인의 삶

우물가에서 물을 뜨던 소녀가 바가지에 담긴 물을 바라보다 눈물을 뚝뚝 흘린다. 어머니의 얼굴이 비친 것이다. 남편을 일찍 여의고 친척에게 속아 가난에 내몰린 어머니. 힘든 삶에 어느새 핏기 없는 마른 얼굴이 되 었다. 어머니의 얼굴 위로 기생이 된 자신의 얼굴이 일렁이며 함께 비춰진 다. 물의 파장으로 일그러지는 자신의 얼굴이 측은해 꾹 참고 있던 설움이 복받쳤다. 소녀는 그렇게 한참을 서서 바가지에 눈물을 받아냈다. 그녀의 이름은 '김영한.' 이곳에선 그녀를 '진향'이라 부른다. 길상사의 이야기는 그녀로부터 시작된다.

진향. 권번에서 기생들을 가르치던 정악계(正樂界)의 대부 하규일 선 생이 지어준 이름으로, '진수무향(眞水無香)'에서 따와 "깨끗하고 청정한 물은 잡스러운 내음을 풍기지 않는다"는 뜻이 있다. 그녀는 가난한 살림에 보탬이 되고자 16살에 조선 권번에 들어가 기생이 됐다. 어머니는 돌아가 시는 순간까지도 기생이 된 딸을 안타까워했다. 진향은 가무는 물론 시서

화에 뛰어났고 여느 기생과 달리 문학에도 관심이 많아 글재주도 있었다. 훗날 수필까지 발표하며 문학 기생이라는 흔치 않은 타이틀로 주목을 받는다.

그런 진향을 눈여겨보던 조선어학회의 해관 신윤국은 그녀를 후원해 일본으로 유학을 보낸다. 그러나 졸업을 앞두고 신윤국이 일제에 의해 투옥되자 그녀는 서둘러 귀국한다. 면회를 신청했지만 선생을 만나기가 쉽지 않았다. 법조계 유력 인사들을 만나면 면회 기회를 얻을 수 있으리라 여겨 학업을 포기하고 다시 함흥의 권번에 들어가 기생이 된다. 그리고 어

느 날, 운명 같은 만남이 찾아왔다.

"오늘부터 당신은 나의 영원한 마누라야. 죽기 전에는 우리 사이에
이별은 없어요."

진향에게 첫눈에 반한 잘생긴 시인 총각이 건넨 말이다. 그때만 해도
진향은 그를 평생 그리워하는 생을 살게 되리라고 전혀 예상치 못했다. 남
자의 이름은 '백석.' 이국적인 곱슬머리에 잘생긴 얼굴로, 길 가던 여성들
이 한 번쯤 훔쳐보게 되는 멋쟁이 모던 신사였다. 그는 《사슴》이라는 시집
을 100부 한정 발간해 이틀 만에 매진시켜 문단의 주목을 받고 있는 시인
이었다. 시인 윤동주가 《사슴》을 구하지 못해 며칠에 걸쳐 필사해 읽었다
는 일화는 유명하다. 백석은 조선일보 기자를 거쳐 잡지 〈여성〉의 편집을
맡았다가 이후 함흥의 영생고보에서 선생을 하고 있었다. 직원들의 회식
자리로 함흥 권번에 와서 진향을 만난 것이다. 그의 나이 스물여섯, 그녀
의 나이 스물둘이었다.

이후 백석은 진향에게 이태백의 시 〈자야오가〉에서 따온 '자야'라는
아호를 지어준다. 함흥에서 만나 연인이 된 이들은 3년간 종로구 청진동에
서 부부처럼 살았다. 그러나 진짜 부부가 될 수는 없었다. 그녀 역시 유학
도 다녀온 당시 드문 인텔리전트 여성이었지만 기생 신분이라 혼인을 할
수 없었다. 반면 백석은 부모님에 의해 강제로 3번이나 장가를 들었다. 그
때마다 초례만 치루고 바로 자야의 곁으로 왔지만 그녀의 마음은 이미 시

커멓게 멍이 들어 있었다. 언젠가 그를 놓아주어야 한다는 마음이 매일같이 그녀를 괴롭혔다. 바다에 빠져 죽으려 배 위에 올랐던 그녀였다. 그들은 잦은 이별도 겪었지만 그때마다 백석이 그녀를 단단히 붙들었다. 하지만 그들의 사랑도 함께 만주로 떠나자는 백석의 제안을 그녀가 거절하며 결국 영원한 이별을 맞게 된다.

이후 6.25가 터지고 남북이 갈라진다. 그녀가 도망쳐 꼭꼭 숨어 있어도 귀신같이 찾아내 안아 주던 그는 이제 올 수 없게 되었다. 헤어지던 날 백석의 사라지는 뒷모습이 눈과 가슴에 박힌 자야는 후회의 나날을 보낸다. 그녀가 할 수 있는 일은 그저 막연하게 그를 기다리는 일뿐이었다.

소유보다 중요한 것은 나눔, 무소유를 실천하다

백석이 떠난 이후 그녀는 '김숙'이라는 이름으로 살아갔다. 빈 가슴을 채워보려 대학에도 진학해 하루에 12~18시간씩 공부도 해보고, 대원각을 사들여 한식당을 열어 악착같이 재산을 모으기도 했다. 어마어마한 자산이 모였지만 그리움은 채워지지 않았다. 하루하루의 기다림은 어느덧 60년의 세월이 되어 꽃다운 아가씨는 백발이 성한 노인이 되었다. 백석의 사망 소식을 들은 그녀는 하루가 다르게 야위다 결국 폐암으로 1999년 11월 14일 육신의 옷을 벗고 하늘로 떠났다.

기다림의 삶을 살다 모든 것을 훌훌 털고 염주 한 벌과 길상화라는 불명만을 남기고 떠난 그녀. 유언대로 유해는 화장하여 눈이 많이 내리던 날 길상헌 뒤뜰에 뿌려졌다. 눈을 사랑하던 그녀였기에. 그녀를 사랑해 눈이 내린다 말한 님이었기에 그녀는 그렇게 눈이 되었다. 김영한, 진향, 자야, 김숙, 길상화 모두 그녀의 이름이다. 한 사람이 다섯 이름을 가진 것만으로도 그녀의 삶이 얼마나 파란만장했는지 가늠된다. 기생이었고, 수필가였고, 백석의 여인이었으며 사업가였던 그녀는 천억 원대의 재산을 모았다. 하지만 중요한 것은 소유가 아닌 나눔이라는 무소유의 실천으로 대원각을 시주했다. 대원각은 누구에게나 열린 공간이 되어 무거운 마음을 내려놓고 쉬어갈 수 있는 장소가 되었다.

　　기자가 그녀에게 물었다.
　　"그동안 고생해서 모은 재산을 내놓고 후회되지 않으세요?"

길상화 공덕비. 길상헌 뒤쪽에
자리하고 있다.
타원형의 모양은 발우의 형상을 하며
불교의 공[空]사상을 담고 있다.

"부귀도 영화도 다 부질 없어, 모든 게 백석의 열정 담긴 시 한 줄만
못합니다."

삶은 소유물이 아니라 순간 순간의 있음이다.
영원한 것은 어디 있는가 모두 한때일 뿐,
그러나 그 한때를 최선을 다해 최대한으로 살 수 있어야 한다.
삶은 놀라운 신비요, 아름다움이다.
_법정스님 《버리고 떠나기》에서

흰 당나귀를 타고 시 속으로 들어간 자야는 말없이 책을 읽는 백석
옆에서 그의 잔잔한 목소리를 들으며 깊은 잠이 들었을지도 모르겠다. 공
수래공수거(空手來空手去). 빈손으로 왔다가 빈손으로 떠난다. 사랑도 그러
하다. 내 앞에 길상화 공덕비는 그렇게 말없이 마음을 전했다. 행복의 시
간보다 외로움의 시간이 더 길었던 사랑이어도 그 역시 가치 있음을 방증
하는 길상사. 나 역시도 누군가를 사랑함에 있어 아낌없이, 욕심 없어야겠
다는 생각이 든다.

"옛날 생각은 할 필요도 없어. 벌써 모두 잊었지. 과거도, 가진 것도 모두
내려놨어. 돌려주거나 보시한 것이 아니야. 그냥 내려놓고 버린 거야. 이
제야 다 포기하고 나니 마음이 참 편해요."

_길상화 보살

경성방직

Since 1919
영등포

:

일제 강점기의 최초 한국 기업

공장 → 카페

확 트인 공간에 흰색의 예쁜 소켓 모양 조명들이 아침에 구워져 나온 빵들을 비추고 있다. 붉은 벽돌면과 군데군데 시멘트벽이 노출된 공간은 마치 고급스러운 갤러리의 카페테리아를 연상시킨다. 겨울에 찾아와서인지 더욱 포근하게 느껴지는 공간이다. 잘 닦인 타일 바닥을 조심스레 걸으며 갓 내린 아메리카노 한 잔과 빵을 받

아들고 테이블로 갔다. 얼굴
을 스치는 은은한 커피향이
사랑스러워 절로 미소가 났
다. 이곳은 천연효모로 만

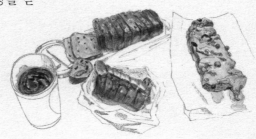

경성방직 내부 카페에서 빵을 만들고 있는 모습.

든 건강한 빵과 좋은 생두로 내린 고급 커피를 저렴한 가격에 즐길 수 있는 곳으로 유명하다. 그 유명세에 먹기도 전에 기대감에 부풀었다.

　　따뜻한 커피 잔을 두 손으로 감싸니 언 몸이 금세 사르르 녹는다. 주위에는 친구들, 연인들, 다양한 사람들이 모여 있다. 모두 누군가와 함께다. 여유롭고 즐거워 보인다. 벽면에는 젊은 작가의 큼지막한 그림들이 걸려 있다. 언젠가 내 그림도 이곳에 걸리게 되는 기분 좋은 상상을 하며 종이 위에 공간을 천천히 담아갔다.

서울시 '시사편찬위원회'가 공개한
경성방직 공장의 여공들 모습.

나무와 파이프 배관들이 가로
세로로 얽혀진 복잡한 천장 골조를
그려가다 흰색으로 표시된 숫자들
이 눈에 들어왔다. 복잡하게 놓인 방
직기계를 분리하기 위한 숫자였을
까? 시간으로 겹겹이 코팅되어 묵직
해진 짙은 색의 나무 골조들이 멋스
러워 한참을 올려봤다. 시선을 내려 여유롭게 일상을 즐기는 사람들을 바
라보니 '내 살림은 내 것으로'라는 물산장려운동 표어가 붙은 공장 풍경과
열심히 '태극성 광목'을 생산하는 여공들의 모습이 오버랩되었다. 그렇게
1920년대 경성방직 공장의 시간여행이 시작되었다.

조선인이 세운 최초의 기업이었던 공간

수십 대의 기계가 열 맞춰 돌아가는 소리로 공장 안은 시끄럽다. 바
닥은 실밥과 헝겊조각들이 쌓여 있다. 기껏해야 열다섯 살 정도로 보이는
어린 여공은 가득한 먼지에 연신 재채기를 해대며 일하고 있다. 20대로 보
이는 여공은 경력자답게 대수롭지 않다는 듯 숙련된 손을 바쁘게 움직인
다. 간간히 손을 들어 화장실을 다녀오겠다는 신호를 보낼 뿐이고 대부분
의 여공들은 묵묵히 자신의 일을 하고 있다. 새벽 6시부터 나와 11시간째

일하고 있어서 다들 고단해 보인다. 잠시 쉬고 싶지만 기계가 자기 책임 하에 돌아가기 때문에 오래 자리를 비울 수도, 방심할 수도 없다.

하루 평균 근무시간은 12시간. 2~3시간 일하고 10분 정도 쉰다. 주말도, 명절도 없이 몇 년 동안 일해와서 몸은 계속 긴장 상태다. 피로도 쌓였지만 날 잡고 하루 쉬기라도 하면 오히려 몸이 아프다. 회사에서 나오라고 강요한 것도 아니지만 워낙 가난한 살림에 돌볼 식구들이 많다 보니 집에서 쉬는 것조차 맘이 불편하다. 그래서 이들은 주말인 오늘도 어깨 위에 눌러앉은 책임감과 함께 기계 앞에 서 있다.

비록 몸은 고단하지만 내 가족을 위한 길이고 내 나라에 보탬이 된다는 생각에 마냥 힘들지만은 않다. 게다가 이곳은 영등포 일대 일본인들의 공장들 틈에 조선인 사업가가 민족자본으로 세운 최초의 기업이 아닌가! 그런 '경성방직'에서 일하고 있다니. 이 또한 독립운동의 또 다른 형태라는 생각에 뿌듯하고 나름 자부심도 느낀다. 그렇기에 오늘도 이들은 진한 땀을 흘리며 열심히, 내 자식이 살아갈 내일은 더 나아질 거라는 기대를 가지고 기계를 돌린다.

1936년에 세워져 일제 강점기에 경제적 독립운동을 벌인 국내 최초의 주식회사 경성방직. 본 건물은 경성방직의 사무동으로 쓰였고 '경방' 기업이 탄생한 산실이며 한국 대기업의 모태가 되었던 곳이다. 지금은 타임스퀘어라는 대형 쇼핑몰에 가려져 어색하게 자리하고 있고 내부 역시 프랜

경성방직에 남아 있는 오래된 문.

차이즈 커피숍이 들어서면서 옛 모습을 유추할 단서도 찾기 어렵다. 건물 주변에 세워진 설명 표지판을 못 본다면 아마 경성방직이었음을 쉽게 알 수 없을 것이다. 나 역시도 산책로를 지나 버스 정거장으로 가는 길에 수없이 마주쳤지만 커피 전문점 건물로만 알고 있었다. 한때 일본에 맞서 뜨겁게 경쟁하며 만주까지 진출했던 경성방직이었음을 전혀 알지 못했다.

두 형제의 꿈

경성방직 설립자 김성수(1891~1955)는 16세부터 영어를 배웠고 일찍이 군산의 계몽운동 계열인사들이 세운 학교를 다니며 다양한 사람들을 접해 바깥세상에 관심을 가졌다. 그곳에서 자연스럽게 선진문명국에 대한 이야기들을 들었고 특히 일본에 대한 궁금증을 품었다. 김성수는 18살 때 일본유학을 떠나고 동생 김연수도 형의 권유로 15살이 되던 해 일본으로 갔다.

두 형제의 눈에 비친 변화한 일본은 형제의 심장을 뜨겁게 만들었다. 그동안 상상해왔던 것보다 직접 마주한 일본의 근대화는 훨씬 압도적이었다. 조선과는 비교도 할 수 없을 정도로 발전된 일본의 모습에 마치 자신들이 우물 안 개구리처럼 느껴졌다. 일본에 머물며 형 김성수는 "장차 나라를 이끌어갈 엘리트들을 배출할 교육기관을 세워야겠다."는 다짐을, 동생 김연수는 "자국기업을 만들어 경제적 독립을 해야 한다"며 민족기업을 만들기로 결심한다.

그들의 결심대로 김성수는 귀국하자마자 교육 사업을 벌인다. 그리고 1919년 10월에 국내 최초로 토착 자본의 방직공장을 영등포에 세운다. 처음에는 1917년 '경성직뉴'(광희문 인근 직뉴업자들의 협력으로 설립된 곳)를 인수해서 사업하다 일본인이 조선방직을 설립하자 그들보다 더 경쟁력을 갖추고자 지방 유지들로부터 1인 1주 방식으로 자본금을 모은다. 그렇게 우리나라 최초 주식회사 형태를 갖춘 경성방직을 설립하게 된 것이다.

또 다른 모습의
독립운동이 시작되다

    당시에는 일본인들이 세운 큰 공장에서 광목을 만들어 옷감으로 사용했다. 집에서 정성스럽게 삼베를 짜서 입던 시절도 있었지만 시장에서 광목을 쉽게 살 수 있으니 더 이상 힘들여 옷을 만들지 않아도 되었다. 김성수는 대부분의 사람들이 일본인들이 만든 광목옷을 입고 다니는 모습을 보았다. 자주독립을 꿈꾸면서도 많은 사람들이 일본인들이 만든 옷을 입고 다니니 이미 일본은 일상에 깊이 들어와 있었다. 그는 공장의 첫 품목으로 광목을 생산하기로 마음먹는다. 조선 사람들이 자국의 힘으로 생산한 옷을 입고 거리를 활보하는 모습을 상상하니 절로 미소가 났다.

    하지만 호남 일대 대지주 집안에서 태어난 그도 아버지의 투자금만으로는 큰 공장을 지을 수 없었다. 그는 전국 방방곡곡을 돌며 지방 유지들을 설득시켜 설립 자본을 받는다. 그리고 지금의 영등포 타임스퀘어가 있는 5000평 부지에 최초의 방직공장을 세운다. 우리나라 최초의 대기업이 탄생하는 역사적인 순간이다. 이곳에서 만든 광목은 '태극성'이라는 상표가 붙은 채 시장에 나가게 되었다. 당시 일본인이 세운 조선방직공장의 광목이 이미 시장을 점유한 상태였기에 경성방직은 일본과 정면으로 기술 경쟁을 선포한 셈이었다. 그렇게 또 다른 형태의 경제 독립운동이 시작되었다.

우리 것으로만 살자!

지식사업에 더 뜻을 보인 김성수는 경성방직을 운영하다 일본에서 돌아온 동생 김연수에게 경성방직을 물려주고 동아일보를 설립한다. 설립 이후 제일 먼저 물산장려운동을 시작해, 창간 초기부터 1면에 '물산장려운동'의 중요성에 대한 기사를 내보내 경성방직에 힘을 실어주었다. 3.1 운동이 일어난 이후라 사회적 분위기를 타고 기업이 호소하는 민족주의 감정에 사람들은 동요했다. 일본의 것보다 질이 좋지 않은 걸 알면서도 사람들은 애국심으로 경성방직의 태극 문양이 들어간 광목을 구매해주었다. 이후 김연수는 보증제를 최초 도입해 고무신을 판매한다. 품질에 자신 있던 그는 6개월 안에 고무신이 해지면 새 상품으로 바꿔준다는 파격적인 보증제를 내걸었다. 그의 판매 전략은 성공이었다. 그렇게 경성방직에서 만든 두 가지 상품으로 큰 성공을 이루게 된다. 이후 공장은 만주까지 진출하며 기업의 규모가 어마어마하게 커졌다.

하지만 일본군이 태평양 전쟁에서 패하면서 김연수는 남만방적, 농장, 오리엔탈 맥주회사 등 애써 키워놓은 기업을 중국에 적산재산으로 접수당하고 빈털터리로 돌아온다. 조선의 상황도 좋지 않았다. 반민특위가 이뤄지면서 경성방직이 총독부에 보조금을 받아 운영되었다는 이유와 형제의 친일행적이 논란이 되며 친일파로 낙인찍힌 것이다. 김연수는 1924년 12월 경성방직 사장직과 이사직에서 물러난다. 무죄로 판결났지만 지금까지도 김성수, 김연수 형제의 친일파 논란은 이어지고 있고 판단은 후손들

경성방직 측면.

의 몫이 되었다. 일제 강점기에 민족 산업을 일으켜 경제 독립을 시도한 기업인으로서의 노력보다 저항하기 어려웠던 상황의 선택들만 문제 삼으며 흑백논리로 결론내릴 수 있는 문제는 아닌 듯싶다.

무엇보다 안타까운 건 경제 독립운동의 시발점이자 시대의 한계를 극복하고 경성방직을 대기업으로 발전시킨 역사 현장이 달랑 표지판 하나로 명을 잇고 있다는 것이다. 자세히 찾아야 오래된 문고리와 방직공장 근로자들이 드나들었던, 빨간 글씨로 '좌, 우'가 적힌 문, 군데군데 남겨진 벽돌들이 보인다. 쉬는 날도 없이 일했던 노동자들의 진한 땀과 눈물, 열정 덕분에 지금 우리가 이곳에서 여유를 누리게 되었다. 그럼에도 이 건물 안에서조차 그것을 느껴볼 수 있는 것이 없어 아쉽다. 옆에 커피를 마시는 커플에게 물어보았다. 혹시 경성방직공장을 아는지. "그게 뭐예요? 어디 있어요?" 그들의 답이었다. 다행히 이곳은 표지석으로만 남아 있지 않고 현 시대를 같이 살아가고 있다. 한국전쟁을 거치면서도 건물이 소실되지 않은 이유가 있을 것이다. 후손들이 이곳을 즐기면서도 이곳의 진짜 모습에 무관심한 것을 고민해봐야 할 것 같다. 적어도 이곳을 찾는 사람들만큼은 유명한 커피와 빵을 파는 곳으로만 알고 있지 않도록 말이다.

커피를 즐기며 시간을 보내는 사람들.

보안여관

Since 1942
통의동

:

가난한 문화예술인의 지붕이 되어주던
한 여관의 기억

여관 → 복합문화예술공간

흑갈색 벽돌로 차곡차곡 쌓아진 2층 건물이 경복궁 옆 서쪽 길가에 자리해 있다. 오른쪽 작은 문 위에는 파란색 글씨로 '통의동 보안여관'이라 적힌 간판이 걸려 있다. 청와대 근처라 그런지 '보안'이라는 상호가 재미있다. 실제로 한때 청와대에서 일하는 사람들이 많이 묵어 '청와대 기숙사'라는 별명도 있다.

이곳은 여관이 맞다. 겉모습만. 입구에는 전시중임을 알리는 포스터와 배너가 걸려 있다. 여관, 전시? 어울리지 않는 단어의 조합에 고개가 갸우뚱거리는 이들도 몇몇 있을 것이다. 만약 휴관일로 아무것도 붙어 있

지 않았다면 나 역시도 지금까지 여관인 줄 알았을 것이다. 한때 나그네의 쉼터로 사용되던 건물은 현재 전시 공간으로 바뀌어 운영되고 있었다. 이제는 서촌에 올 때 가끔 전시를 보기 위해 들리는 익숙한 곳이 되었다. 이곳에 대한 정보가 전혀 없는 지인에게 "보안여관 갈래?"라는 말을 날리고는 잠시 당황해하는 표정을 살피는 것도 짓궂지만 꽤 재미있는 장난이 되었다.

서촌의 뜨거운 아스팔트 열기를 피해 잠시 쉬어갈 겸 여관의 유리문을 밀고 건물 안으로 들어갔다. 입구 왼쪽 벽면에는 뒤쪽으로 하얀색 네온

보안여관 입구.

불빛을 넣은 커다란 보안여관 간판이 있다. 사이즈가 큰 것으로 보아 한때 건물 외벽에 걸려 있던 것이 아닐까 싶다. 그 옆에는 작은 미닫이 창문이 나 있다. 주인장(?)은 머리만 쏙 내밀어 "숙박이요? 대실이요?"라는 물음 대신 "몇 장이요?"라고 묻는다. 3천원의 입장료를 내고 창문 밑 나무의자 위에 놓인 전시도록을 들고 안으로 들어갔다.

야트막한 문턱을 오르니 어느 순간에 멈춰선 여관의 속살이 드러난 다. 거울에 붙은 '일상의 다섯 가지 마음'이라는 옛글에서 '제가 하겠읍니

보안여관 2층.

다.', '네. 그렇읍니다'라는 문장들이 이곳의 시계가 언제 멈춰졌는지를 가
늠케 한다.

　시멘트 바닥 위 일자로 트인 길에 방 번호가 붙은 나무문들이 쭉 뻗
어 있다. 열려진 문 안에서는 방금 전 손님이 퇴실한 방을 직원이 치우고
있을 것만 같다. 무너지고, 갈라지고, 벗겨진 낡은 공간이지만 여전히 여
관의 모습이 생생히 남겨져 있다. 손님들이 머물던 방 안에는 호기심을 자
극하는 현대 작가의 실험적인 작품들이 전시되어 있다. 작품을 감상하며
조용히 공간을 거닐고 있으면 과거와 현재, 낡음과 새로움의 만남으로 엉
켜 있는 이곳의 시간 때문에 과연 내가 어느 시대에 서 있는 것인지 혼동
이 인다.

보안여관 문.

　　　　　　　　　　　　보안여관 2층 복도 끝,
경복궁 영추문이 보이는 창가
에 기대어 스케치북에 공간을
담아낸다. 인적이 뜸해진 시간
이라 여관 안은 조용하다. 이곳
은 1층보다 더 낡은 모습이다.
천정은 골조를 드러낸 채 묵직
한 세월이 퇴적되어 축축이 젖
어 있다. 옆방의 숨소리까지 그대
로 넘어올 것 같은 얇은 벽들도 일부

허물어져 있다. 흙벽의 피부를 드러낸 벽에는 뜯겨진 벽지 뒤로 시대에 따라 한지로, 신문지로, 꽃무늬로, 켜켜이 발라진 모습들이 나와 있다.

방마다 각각의 사연을 가지고 머물렀을 사람들을 상상하니 홀로 있어도 지루함이 느껴지지 않는 시간이다. 때로는 너무나도 고요한 분위기에 흉가처럼 느껴져 괜스레 으슬으슬해지기도 한다. 하지만 이내 호기심을 자극하는 작가의 작품들이 눈에 들어와 공간의 활력을 더해 사색하는 즐거움도 있다.

가난한 예술가들의 지붕이 되어주던 여관의 탈바꿈

반대편 창문으로 바람이 들어와 조용히 내려앉아 있던 80년 묵은 먼지를 공기 중에 띄운다. 시간을 되돌리는 마법의 가루인 양 시대를 거쳐 이곳에 묵었을 사람들이 하나둘 그려진다. 뒤를 돌아 창밖을 내려다보니 시인 이상이 콜록콜록 거리며 "제13의아해도무섭다고그리오, 13인의아해는…"하고 웅얼거리며 여관 앞을 지나간다. 오늘도 그의 단짝 구본웅과 거하게 한잔 했나 보다.

손잡이 바로 위 '문살짝'이라는 글씨를 보고 조심히 문을 열고 방안으로 들어갔다. 장기 투숙중인 22살 청년 문학도 서정주가 있다. 그는 같이

보안여관 2층 창문.

묵고 있는 친구 함형수와 함께 김달진, 김동리, 오장환 등을 불러 모아 좁은 방에 다닥다닥 붙어 앉아 뜨겁게 토론하는 중이다. 한국 문학사에 한 획을 그을 한시(時) 동인지 〈시인부락(詩人部落)〉을 만들기 위한 구상이 한창이다.

건넌방에는 이중섭이 있다. 은박지 위에 일본에 있는 가족에 대한 그리움을 철필로 꾹꾹 눌러 담아 그림을 그리고 있다. 며칠 전 일본에서 온 아내와 짧은 만남을 가진 이후 외로움이 더 커져 술을 마시며 소매로 눈물을 닦아내기도 한다. 오늘 막 지방에서 올라온 나그네들은 긴 여정에 지쳐 코를 골며 자고 있다. 옆방의 작은 좌식형 책상에 잔뜩 웅크리고 앉아 창작에 열중하는 '신춘문예' 준비 작가 지망생. 그 소리가 방해되는지 잔뜩 인상을 쓰고 있다. 방에는 찢어지고 뭉쳐진 원고들이 나뒹굴고 담배 연기가 자욱하다. 두 사람이 누우면 꽉 찰 정도의 가장 작은 방에는 가난한 예술가가 장기 투숙중이다. 그는 바닥에 누워 창문 밖 서울의 밤 풍경을 바라보며 더 나아질 내일을 그려보고 있다. 이 시대의 예술가들은 모두 여기 모이기로 약속이라도 한 걸까. 이렇게 보안여관은 가난한 예술가들의 지붕이 되어주고 있었다.

시간이 빠르게 흐르며 시대도 바뀌어 간다. 건물은 노쇠해지고, 지친 몸을 누이러 오던 이름 모를 나그네들의 발길도 이제는 끊겼다. 그리고 보안여관은 2004년 경영난으로 문을 닫고 층층이 쌓여가는 먼지를 덮은 채 깊은 잠에 빠져든다.

허름한 옛 여관의 잠을 깨운 것은 어느 날 한 사내의 방문으로부터다. 그는 건물 이곳저곳을 꼼꼼하게 살피며 무언가를 골똘히 생각하다 떠났다. 굳게 닫힌 현관문이 다시 열린 건 그로부터 3년 후다. 사내는 인부들을 데리고 다시 건물을 찾아왔다. 이곳에 새로운 문화공간을 세울 계획을 품고 말이다. 인부들이 천정을 뜯어내자 오랜 시간 쌓여진 먼지가 떨어지며 '소화 17년(1942)에 2층 천장을 보수했다'는 내용이 적힌 상량판이 드러났다. 오래된 건물임을 알고 있었지만 막상 눈으로 건물이 보내온 시간을 확인하고 나니 사내는 뭔지 모를 감동에 휩싸였다. 그리고 깊은 고민에 잠겼다.

다시 3년 후, 가난한 예술가들과 나그네들의 지붕이 되어주던 건물은 '복합문화예술공간'으로 새롭게 소생됐다. 더하거나 뺌 없이 날것 그대로의 모습으로 먼지만 걷어진 채. 이제는 투숙객을 받지 않지만 '문화 투숙객'들의 장이 되어 이전처럼 젊은 예술가들의 발걸음은 여전하다. 또 그들의 작품을 보러 오는 관람객들로 2층 나무계단은 다시 삐그덕 소리를 내고 있다. 그렇게 이곳은 공간재생을 통해 여전히 살아 있는 공간이 되어 우리와 함께 동시대를 살아갈 수 있게 된 것이다.

흐르는 시간만큼 나이가 드는 공간,
자라나는 건물

보안여관은 건물의 건립시기가 정확히 확인되지 않는다. 그저 천정 위에 붙여진 상량문의 내용과 미당 서정주의 책 《천지유정》에서 "1936년 가을 함형수와 함께 통의동 보안여관에 기거하면서(…) 〈시인부락〉이라는 한시 동인지를 만들었다"고 써놓은 기록을 보고 짐작할 뿐이다. 그 어디에도 여관의 이름이 왜 '보안'이 되었는지, 이곳에서 어떤 일이 있었는지에 대한 세세한 자료는 없다. 있어도 티끌 같다. 조선시대부터 겸재 정선, 추사 김정희, 개화기 때는 화가 이중섭, 시인 천경자, 윤동주, 이상이 서촌의 주민이었으며 지금도 많은 문화예술인들이 거주하는 동네인 만큼 다양한 문화예술인들이 머물렀으리라 추측할 뿐이다.

지금도 자신의 품을 예술가들에게 전시 공간으로 내어주고 있는 보안여관은 매번 다양한 전시가 기획되어 여러 번 방문해도 전혀 지루하지 않다. 작품들은 전시 공간과 관람 공간에 대한 경계선 없이 서로 어우러진다. 건물 자체가 캔버스가 된 셈이다. 그래서인지 공간을 거닐고 있으면 그림 속으로 들어온 것 같은 느낌이 든다.

그저 바라만 봐야 하는 공간보다 오감 체험이 가능한 곳에서 느끼는 감흥의 깊이와 여운은 분명한 차이가 난다. 이곳을 인수해 운영하는 문화예술 프로젝트 그룹 메타로그 최성우 대표가 건물을 무너트리고 새로 미

술관을 짓는 대신 매년 보수를 해야 하는 수고를 들이며 지금 모습을 유지하는 이유가 여기에 있다.

건축가 김종진 교수는 자신의 책 《공간공감》(효형출판)에서 "빛을 이야기하기 전에 새벽안개와 밤하늘에 젖어보는 일, 냄새를 분석하기 전에 비 온 뒤의 비릿한 골목길을 걸어보는 일, 촉각을 설명하기 전에 맨발로 오솔길을 걸어보는 일, 그 살아 있는 체험이 먼저다."라고 말했다. 우리가 이곳에서 느껴야 할 것들이 바로 이런 것들이 아닐까.

최 대표는 어느 신문기자와의 인터뷰에서 '건물은 여전히 자라고 있는 중'이라고 표현했다. 그의 말에 공감하는 게 건물이 자연스럽게 나이를 먹어가고 있어서인지 머무는 동안 공간의 체온이 피부로 전달되는 느낌을 받았기 때문이다. 누군가는 고독했고 누군가는 꿈을 꿨고, 누군가는 사랑을 나눴고 누군가는 기다림을 겪었을 시간들. 공간을 조용히 바라보고 있노라면 이곳이 켜켜이 쌓아간 시간의 모습이, 소리가 지금도 보이고, 들리는 듯하다.

사람들은 작가의 작품보다 작가의 일생에 더 열광하고 집착하기도 한다. 때문에 주름진 시기에 탄생한 작가의 작품은 값어치가 더 올라간다. 당대의 이름 모를 객들과 문화예술인들의 고뇌의 시간을 고스란히 간직해 더 의미 있는 곳. 보안여관이라는 시간이 만들어낸 작품 속을 거닐며 앞으로도 오래된 공간들이 박제되지 않고 시대와 함께 살아 숨쉬어갔으면 한다.

"대부분의 문학관이나 기념관은 작품이나 유품들을 전시하며 어떤 특정 시기를 기념하거나 그곳으로 되돌아가려고 합니다. 그 당시의 시간만 중요한 게 아니라, 현재까지 흘러온 시간도 중요하고 우리가 새로 만들어갈 시간도 중요합니다.(생략) 이미지를 보여주는 것보다 더 중요한 것은 방문객들에게 서정주와 김달진의 '생각'을 전달하는 것이죠."

_〈월간중앙〉(2015.09.17)에서

이야기가 스며든 오래된 장소,
스케치북 들고 떠나는 시간여행

초판 1쇄 발행 2016년 10월 15일
초판 2쇄 발행 2017년 8월 10일

지은이 엄시연
펴낸이 이지은 **펴낸곳** 팜파스
기획편집 박선희
디자인 조성미 **마케팅** 정우룡
인쇄 (주)미광원색사

출판등록 2002년 12월 30일 제 10-2536호
주소 서울특별시 마포구 어울마당로5길 18 팜파스빌딩 2층
대표전화 02-335-3681 **팩스** 02-335-3743
홈페이지 www.pampasbook.com | blog.naver.com/pampasbook
이메일 pampas@pampasbook.com

값 14,000원
ISBN 979-11-7026-115-5 (03810)

이 도서의 국립중앙도서관 출판시도서목록(CIP)은 서지정보유통지원시스템 홈페이지
(http://seoji.nl.go.kr)와 국가자료공동목록시스템(http://www.nl.go.kr/kolisnet)에서
이용하실 수 있습니다.(CIP제어번호: CIP2016022857)